LE PREMIER AMOUR EST TOUJOURS LE DERNIER
———————— Tahar Ben Jelloun ————————

初恋总是诀恋

〔摩洛哥〕塔哈尔·本·杰伦 著 马宁 译

人民文学出版社
PEOPLE'S LITERATURE PUBLISHING HOUSE

著作权合同登记号　图字 01-2019-6731

Tahar Ben Jelloun
LE PREMIER AMOUR EST TOUJOURS LE DERNIER

Copyright © Éditiõns du Seuil, 1995
Simplified Chinese edition copyright © 2023 by Shanghai 99 Readers' Culture Co., Ltd.
All rights reserved.

图书在版编目（CIP）数据

初恋总是诀恋/（摩洛哥）塔哈尔·本·杰伦著；马宁译.—北京：人民文学出版社，2023
（短经典精选）
ISBN 978-7-02-017804-9

Ⅰ.①初… Ⅱ.①塔…②马… Ⅲ.①短篇小说-小说集-摩洛哥-现代 Ⅳ.①I416.45

中国国家版本馆 CIP 数据核字（2023）第 030729 号

| 总 策 划 | 黄育海 |
| 责任编辑 | 黄凌霞　何炜宏　骆玉龙 |

出版发行　人民文学出版社
社　　址　北京市朝内大街 166 号
邮政编码　100705

印　　刷　凸版艺彩（东莞）印刷有限公司
经　　销　全国新华书店等

开　　本　890 毫米×1240 毫米　1/32
印　　张　4.875
字　　数　90 千字
版　　次　2011 年 11 月北京第 1 版
印　　次　2023 年 4 月第 1 次印刷

书　　号　978-7-02-017804-9
定　　价　59.00 元

如有印装质量问题，请与本社图书销售中心调换。电话：010-65233595

目录

001	谬爱
026	女人的诡计
035	青蛇
044	一则关乎爱情的社会新闻
048	幻景度假村
061	初恋总是诀恋
065	写爱情故事的男人
078	地中海之心
085	阿依达-佩特拉
097	巴黎之恋
104	一声哀叹
113	自恋的维多先生
120	不喜欢节日的男人
128	仇恨
136	老人与爱情
143	一夫两妻

谬　　爱

这是一个虚构的故事,是我有一天在米哈吉的露天平台上想出来的。平台在丹吉尔的大力神洞上面,我的朋友 A 给我提供了一间平房让我休息,以备我写作之需。那里,大西洋的波浪涌上一望无际的沙滩。在这片沙子与浪花的空旷中,面朝沙滩,一座华丽的宫邸在几个月间就建造了起来。我不知道这座宫殿属于谁。有人说它是一位遥远国度的王子的海滨更衣室。王子爱上了这海及海边的寂静。还有人认为它是一位希腊船商的房舍。船商因为无法再忍受地中海,选择来这里度过余生,也是为了逃脱他本国的法律制裁。

这里,海澄蓝,海碧绿,浪花如它的发丝雪白。对面,王子的更衣室或是船商的房舍呈现沙砾的颜色。这种搭配并不让人厌恶,却不大相宜,如同一天傍晚我听着收音机里一位女歌手的歌而编造的这个故事一样。

谣传这个故事是关于一位确有其人的舞女或女歌手。我没有去求证这个说法。人们热衷于讲述故事和宣扬自己的故事。这个故事不过是其中之一。

但愿没有人和这个故事里的人物雷同。所有小说都是现实的飞翔,需要回归现实,融于现实。最近一家近东的报纸报道了一名失踪的埃及女演员,另一家杂志则暗示女演员为炒作而捏造了自己的失踪。

这个故事发生在多年前,那时这个国家慷慨地向一群特殊的游客敞开大门。这些游客走出阿拉伯沙漠深处,来这里享受几夜奢靡。夜夜笙歌,他们呆滞的眼神在酒精的麻醉中迷离,他们萎靡不振的脸泛着棕色的光。他们经常去摩挲自己凸起的肚子,或者捋自己稀稀拉拉的胡子。他们不喜欢坐着,而是任由身子瘫在大缎面坐垫之间。他们瞧不上皮面长沙发,有些人屁股挨着垫子边,身子一直滑到厚厚的毛绒地毯上。他们怎么舒服怎么来,颐指气使,仅仅用手势和眼神指挥服务生。那些服务生清楚每一个动作的含义,这并不复杂:向嘴边翘起拇指是要喝的;张开手掌快速挥动一下是要乐师开始演奏;同样的动作向反方向是要音乐停止;手指指向后台是要跳舞的进来;目光转向暗门是要歌手,诸如此类。

他们如果说话,就是互相低语一些别人听不懂的东西。他们用某些贝都因人部落使用的方言交谈,服务生和乐师都听不明白。他们有自己的一套语言密码,然而,所有人都能感觉到他们言语背后的傲慢、蔑视和没来由的轻侮。服务生无声地做事,他们知道在跟一群特殊的人打交道。对他们来说,这只是一份工作,跟其他工作一样,只是这些暴富的贝都因人的苛求令人无法忍受。酒杯必须不停地加满。冰块得是圆的而不是方的,还有些人要心形的。橄榄果必须去核,用铁盒子从西班牙运来。奶酪得是法国的,是荷兰的更好。他们不喜欢传统的面包,却偏爱黎巴嫩的烘饼。服务生了解并满足他们这些反复无常的要求。

他们喜欢音乐还是舞女的身体?抑或他们更喜爱莎琪娜的嗓音?莎琪娜是著名歌唱家。她家境一般,也很少在这样的晚会上登台演出。她来的时候经常由父亲陪同。她的父亲是退休的小学教师,在乐队吹笛子。他的笛子独奏常常引出那些瘫在垫子上像喝柠檬水一样喝威士忌的人的乡愁。他们大声叫喊着:"安拉!""哦!我的夜晚!哦!我的生活!"莎琪娜一出现,他们就放下酒杯,用手掌向她吹去飞吻。

莎琪娜高个子,有轻微的斜视,这使得她的魅力有增无减。她黑黑的长发垂至腰际;当她的身体随着声音的起伏而倾斜的时候,她的头发也随之微微晃动。她穿的皮里长裙细薄修长,突显出她的胸部。可是她谨慎腼腆,什么也不让人看出来,她也不看观众。她唱歌的时候,眼睛望着天空,双臂举向未知,仿佛离开世间去了另一个世界。她的姿态吸引着许多男人不惜重金来听她唱歌。她的嗓音让人想起伊斯马安和乌姆·库勒苏姆的声音。她兼具这两位歌唱家的音调，使得她成为一位与众不同的歌手。对于她来说这是上帝的恩赐。她信教，每天都会祷告，从不喝酒，化淡妆。她被一些人称作"拉拉·莎琪娜"，似乎她是圣洁的化身。她的仰慕者赞叹她的低调羞涩，这是她跟其他任何阿拉伯歌手不一样的地方。报社尊重她，她从来没有成为报纸专栏谈论的话题。人们对于她的私生活知之甚少。人们只知道她是单身，而且她拒绝谈论自己的家庭，也不像其他歌星或者影视明星经常做的那样谈论自己的演唱计划。

她的美貌与淡然令所有想要接近她的男人却步，她以她的优雅坚定地拒绝他们的接近。

这天傍晚，她穿着蓝色和白色的衣服，几乎没戴首饰，和乌姆·库勒苏姆一样，她右手拿着一块薄绸巾。她只唱了一首歌，《一千零一夜》。她已经用不同的音调和节奏唱了同一叠句很多次了。那些已经醉醺醺的贝都因人叫嚷着让她再唱最后一段。她优雅地做了。歌曲是关于空酒杯、满酒杯、醉酒、坠地的星星、梦编织的长夜的，她的歌声令人遐想无边。

莎琪娜的姿势独特又有分寸。她的身体微微晃动，一切都尽在她的声音之中。贝都因人想象着她的性感，无法自持。一些人叫喊着，仿佛合着她的节奏在唱，同时含有猥亵与挑逗的意味。莎琪娜像往常一样表现出绝好的漠视。她清楚自己所面对的听众是什么样的人。

歌唱持续了一个多小时，莎琪娜疲惫极了。向观众谢幕以后，她回到了化妆室，父亲在等着她。她正卸着妆，有人敲门。

她打开门，一名侍者递给她一大束玻璃纸包扎的花，并说："酋长送来的。"花束很大，她只能勉强看到侍者的头。她叫住男侍，用说知心话的口吻问他：

"是谁送来的？是他们中的哪一个？"

"最丑的也是最有钱的那个……大腹便便，胡子稀拉，好像是个王公。据说他目不识丁，但出手阔绰……不要在他面前妄自尊大，他很有权势，而且很邪恶。再见，拉拉·莎琪娜。"

过了一会儿，那个男侍又回来了。

"他要你去大厅里见他。不要害怕，他不是一个人。我想他仅仅是想赞美你。理智些！要当心，这些人无所不能，随心所欲。石油给他们带来的钱使他们拥有一切特权。"

莎琪娜起身去大厅，经过父亲身边时，疲惫的父亲对这样的事情有些气恼，对她说道：

"想想再去！我相信你！这样的职业！真不该在这种危机的时候为了生存做这样的事！"

莎琪娜穿着半旧的黑色裙子,戴着一条小小的仿珍珠项链。她走到被侍从和朋友环绕的酋长前面,微微屈膝向他行礼。酋长一只手拿着一大杯威士忌,另一只手握着一串念珠。他没动身,示意莎琪娜上前来,对她说:

"你唱得很好,我的女孩。你的声音让我舒服得直哆嗦。我需要经常听到你的声音,还要经常看到你唱歌。"

"谢谢您,老爷!我受宠若惊。请您允许我退下了。"

"不,我不允许您!(说着,他放声大笑。)我要跟您说的话很重要。别急,我们还有一个晚上说话呢。来,喝杯酒、橙汁或者可乐。"

"不,谢谢!我该回去了。我父亲在等我。"

"你父亲已经走了。几张票子就把他打发了。来吧,你不能破坏酋长的夜晚!来,到我身边来。我要在你小小的耳朵里悄悄告诉你我想跟你说的话。"

一只手轻轻推了她一下,她倒在酋长面前。酋长拉起她的手,把她拉到身前,搂着她的腰,在她耳边咕哝道:

"你会成为我的女人的,我的小女孩……"

莎琪娜站起身,大声说:

"您不知羞耻吗,老猪猡?您以为可以用钱买到一切,财物、人、事业、尊严……您真是太可恶了!您一肚子罪孽!您喜欢跑到这个国家强奸我们贞洁的女儿,您回到您的沙漠,脑袋里满是音乐和叫喊声。您想要自由合法地消费,您还想把纯洁的身体装进您的行李带走。我对您说'不'!我不怕您,我还要啐您,啐您肮脏的钱!"

她真的唾向酋长,径直走了。有两个人,可能是贴身保镖,试图强行拉住她,她挣脱着。酋长面无表情地动了动食指让人放她走。围绕在他身边的人都行礼告辞,借故离开这是非之地。酋长突然大笑,示意侍者加满他的酒杯。三个年轻丰满、几乎没穿衣服的舞女跑来围在他身边。他摸着这三个女人丰腴的胸,看上去很快活,仿佛忘记了刚发生的事,尽管他从未遭到过拒绝。他心里一定很难受。他还未曾被人这样侮辱过,无论是私下里,还是在公众场合。在他的国家,这样对他无礼的人是要被割舌头的。可是在这里,虽然有许多欢迎之词,他还是感觉自己是个异乡人。他和那三个舞女过夜。这些舞女打心眼里瞧不起他,只想从他那里得到钱。酋长完全知道这一点。他让她们用脚掌给他按摩。她们轮流踩他,酋长快活地呻吟着,睡去了。这三个舞女不知找谁要钱。一个男人过来辱骂她们,驱赶她们。她们害怕,就离开了,诅咒酋长永远痛苦悲惨,早点死。

第二天,酋长和他的随从坐着私人飞机离开了这个国家。在飞行中，他一句话也没说。他身边的人很不安。他要了张地图，找到这个他刚离开的国家，用毛笔在上面画了一个红叉。其他人面面相觑，这个国家及它所有的乐趣在地图上闪耀。从此，在酋长的宫殿，这个国家的名字被禁止提起，它的菜肴，它的音乐将不复存在，永远消失。这是酋长的意愿，他的禁令。从未有人轻慢于他，一个炙手可热、慷慨大方的人。他也没将此事告知官方，这意味着他试图自己解决。那名女歌手带给他的伤害是任何道歉都无法消除的。

莎琪娜为自己感到骄傲，决定不再去私人府邸唱歌了。她向父亲讲述了在酋长宫邸发生的事，对父亲说了一些很不满的话。她的父亲很不自在，结结巴巴地说了一些"我不知道……我该和你待在一起的……"之类的托辞。

时光流逝，人们忘记了宫殿里发生的事。莎琪娜到伦敦，把她最好的歌曲录成唱片。第一次去录唱片的时候，父亲陪同她去，很用心地照顾她。第二次她再去伦敦的时候，是和她的母亲一同去的。这次录制几乎用了一个月时间。莎琪娜趁此机会游览伦敦，看望本国留学生和工作者。她本国驻伦敦的领事馆为她举办了一场鸡尾酒会，阿拉伯和伦敦的音乐人都来向她致敬。BBC邀请她在一期节目中清唱，人们见识了她曼妙的歌喉，富有魅力的嗓音。报社对她赞誉有加。莎琪娜非常满足高兴。功成名就的她就只等着一个爱她的男人出现了。机缘不失时机地让她遇见了这么一个人。

他叫法瓦兹，年轻，英俊，风度翩翩，又彬彬有礼，谨慎稳重。他的父母在黎巴嫩内战时逃到伦敦，在伦敦定居并重振他们的生意。法瓦兹年长莎琪娜四岁，先是迷上了她的声音，后又疯狂地爱上了她的容貌。他第一次见到莎琪娜是在领事馆举办的鸡尾酒会上。整个晚上他都留意着莎琪娜。在他告辞的时候，他请求他的领事朋友把他介绍给莎琪娜。他表现得像一位英国绅士：他对莎琪娜行吻手礼，对她的妈妈鞠躬行礼，并且说了一些她美妙的声音很精致的赞美之词。法瓦兹受过良好的教育，风流倜傥，不仅相貌堂堂，而且格调高雅。他能讲好几种语言，喜欢听古典音乐、看文学作品，不喜欢看录像片，不喜欢喝酒。尽管事务繁忙，他还是恳请莎琪娜跟他一起去参加一个印象派画展的开幕式。莎琪娜发现他认识很多人，人们带着敬意向他行礼，一些人把他拉到一边跟他谈论事情。他因此不停地向她请辞。莎琪娜在画展开幕式上发现了马奈、雷诺阿……有这么好的陪伴，她感到很幸福。几天后，法瓦兹请求莎琪娜的母亲允许他邀请她的女儿一起吃晚餐。莎琪娜那天没有空闲，不过答应他在她周末录完唱片的时候跟他一起去。那段时间，法瓦兹为她配备了一辆汽车及一名英国司机，方便她游览伦敦或去大商场购物。一切都完美极了,也许有些过于完美了。遇见这样一个高贵、体贴又殷勤的男人真是难得。那天他们一起吃晚餐的时候,法瓦兹显得有些烦躁,情绪不对。莎琪娜问他有什么烦心事,他说他很难过,因为他感到莎琪娜很快要离开伦敦了。莎琪娜确实在伦敦无事可做,准备回国了。法瓦兹握起她的手,放在唇边,对她说:"我很伤心,您要走了。我已经深深地迷恋上您文静的容颜,您美妙的声音,我已经习惯了您温柔地在我旁边。我不停地思念您,我闭上眼睛,眼前还是您,更美,离我更近,却总是可望不可即。您的声音把我带回童年,回到那时的天真无邪,就像您目光中依然留存的那种纯真。我不敢看您的目光,因为我不知如何是好。我多么想告诉您我心中纯洁的东西,告诉您那使我重获新生的情感。可是您的沉默使我惶恐。我是不是让您觉得心烦了?请原谅我喋喋不休,我也无法控制自己。我孤身一人,努力工作,只怀着一个梦想,那就是遇见一个有着您的眼睛,您的声音,像您一样美丽又善良的女孩。我梦想着,直到遇见您,您就是我的乌托邦。我知道您正派、矜持、高贵,又是一位天赋异禀的艺术家。如果我对您的爱能得到您的回应,哪怕是一丝回应,我都会很幸福。我对您别无所求,只求您相信我对您的感情,关注它,在您的心中,在您的生命中为它留一小片位置。请不要现在就回答我。我希望您慢慢体味我的话。从我见到您的那一刻起,我就知道,我的生命将不再平静。我本该保持距离，转移目光，本该专注于我的生意，专注于数字、合同及一些尽可能远离爱情的事情。可我做不到，是我的错吗？我感觉我从您的眼中看到一点点同样的情感。我的国家已经残破了，我不想再回去。我在寻找一个寄居的国家。英国只是一个工作的地方。您的国家是美丽的。对我来说，那是恐慌少一些而宽容多一些的黎巴嫩。如果您出于对我的爱而准许我的话，那将是我的国家。我的未来在您的手中。请不要说话，请不要现在说。请让我说完。我是认真的。我二十八岁了，正是年富力强的时候。我想建立一个家庭。我们的宗教不是说一个男人只有遵循道义和道德建立了家庭才算是真正的男人吗？我是一个虔诚的穆斯林，我相信真主及其先知。我的心是穆斯林的。我的确会说谎。一些必要的小谎言能顺利做成生意。这是行里规矩。因为如果您一直说实话，您什么也做不成。我喜欢孩子，但这不是缺点。我喜欢运动，酷爱足球。在足球赛的时候，我是不允许别人打扰我的。我的另一个缺点是身高。如果您能接受的话，我们就没有障碍了。我爱您爱得发疯。我已经仔细考虑过，认真斟酌过我的话。我爱您。我从内心深处感到这种爱是永恒的生命之爱。我不希求您立即相信我。您尽管回家，认真考虑，多方权衡之后，给我一个手势，我就会到您身边。现在您来决定一切。我是一个简单平凡的人，让我们不见面，考验我们的情感吧。如果我们不见面太难受，我们就再见面。只有时间能见证我对您的爱。现在,请您原谅我,我一直在说话,说得太多了。我感觉轻松了一些,今晚应该会睡得好,因为我已经三十天没睡个好觉了。我想您,想见到您。这种强烈的想念使我无法入睡。这些就是我要说的话,虽然听起来很虚幻,却是真实的。我保证在我们不见面的这段时间里,我不听您的歌曲,以免我对您的爱变得更疯狂。我会等,我已经在等待了,一个字,一句话,一封信,就算短,也请让我有您的消息……"

他轻轻吻了她的手,起身陪她回宾馆。莎琪娜感动极了,她有想哭的感觉,但忍住了。她从未听到过如此动人的表白。她在心里想阿拉伯男人有这样细腻的情怀吗?她以为这样浪漫的话只有在电视剧或者戏剧电影中才会有。到宾馆的时候,法瓦兹走下汽车,吻了她的手,问明天是否可以陪她去机场。莎琪娜说唱片公司负责这件事,而且她不喜欢在地铁或机场说再见。法瓦兹给了她名片,在上面写上私人电话号码和住址。"有了这个号码,您随时随地都能联系到我。"

莎琪娜那一夜都没有睡着。她回味着法瓦兹温柔的声音和他说的所有话。他动容的面孔一遍遍地浮现在她的眼前。她被爱情俘虏了,她想依偎在他的怀里,头靠在他的肩头,拉着他的手走在蒙蒙细雨下或是薄雾中的伦敦街道,就像言情片里一样。她喜欢这样老套的影片,在她孤单的时候,她能从这些影片中得到慰藉。她对这个男人有欲望吗?她想象他裸着的胸膛,他的肌肉,他的手指穿过她的发丝。她任由自己的想象脱下恋人的衣服却不敢想象与他做爱。她抚摸着自己的胸,它们坚挺,因欲望而膨胀。她起床洗了淋浴,整理了行李箱。她真想一时冲动去拨通那个私密的电话号码,可她忍住了,平静了下来。

回到家乡,她看到一大束玫瑰花附着这样的字条:送伊玫瑰,谨贺返途顺利。F。

莎琪娜的生活简单而平静。她和父母住在闹市中心。这里一天到晚闹哄哄的,莎琪娜习惯了用蜡球塞着耳朵睡觉,她喜欢在睡前看会儿书,而不是听音乐。她喜欢居伊·德卡尔的小说,就像她同时代的大部分少女一样。(她从小说中读到了浪漫编织的生活,尽管知道这不是伟大的文学,她还是坚持不错过这个作家最新出的书。)她的父亲经常努力让她读古典小说,可她总不听。她活在自己少女情怀的梦里。而且,她讨厌排场,讨厌浪费,讨厌海湾国家那些酋长王孙张扬的奢侈。自从贝鲁特在黎巴嫩内战中被破坏之后,这些酋长王孙就经常到她的家乡来。莎琪娜觉得这些人已经被金钱、恶习,以及那些挥霍财物的人及其谄媚者所败坏腐化了。是他父亲坚持让她到那个酋长那里唱歌的。他向她保证不会有事,可……如今,这件事已经被遗忘。对于这个有着金嗓子,有望接替乌姆·库勒苏姆的年轻歌手来说，地平线上升起了新的希望。不管怎么说，这是阿西拉米先生的看法。阿西拉米先生是教莎琪娜唱歌的教授。他曾是乌姆·库勒苏姆乐队的成员，是他建议莎琪娜唱歌的。老阿西拉米个头不高，干瘦却优雅。他戴着眼镜和红色土耳其帽子，给莎琪娜讲埃及笑话逗她笑。他不赞同莎琪娜到酋长王孙家里唱歌，他用摩洛哥的俗语说："驴子怎么知道生姜的味道？"这种对于海湾地区来的人的反感几乎很普遍。只有跟这些人有生意往来，或是能从他们的放荡行为中获利的人，才会在别人议论这些人的时候不作声。他们不颂扬这些人，而是在别人谈论的时候悄悄溜走，避免批判或维护他们。

　　莎琪娜的房间里挂满了她喜爱的歌手肖像：有乌姆·库勒苏姆的，这是当然的；穆罕默德·阿卜杜勒·瓦哈卜，她在阿西拉米先生的引荐下见过他；法鲁兹，伊斯玛安，美丽崇高的伊斯玛安目光清澈，深邃不可捉摸，在一次汽车事故中英年早逝；阿布德·哈里姆·哈菲兹，这是他最后几张照片中的一张，照片中的他因病而显得消瘦；伊迪特·琵雅芙；玛丽亚·卡拉斯，还有一对意大利夫妻歌手的照片。莎琪娜把一张一个巴基斯坦人在街道上给她和法瓦兹拍的即时成像的照片用大头针别在了墙上，照片里法瓦兹俯身向她，似乎在跟她说着什么。莎琪娜把一朵干花斜斜地挂在照片上，久久凝思。她看到自己被她英俊的王子抱起，看见他在她的耳边喃喃说着情话。她看见自己又哭又笑。生活是一场梦，而梦是对生活的模仿。她总是轻易地把幻想与生活混淆在一起，也轻易地相信爱是救赎。在阿西拉米先生的指导下，莎琪娜在工作上取得了很大进步。她的声音更加成熟，她知道在什么时候停歇，什么时候改变音域。之前，这是自然地，现在她更清楚不同的音调，能更好地掌握它们了。她成了一名职业歌手。在伦敦录制的唱片发行了。她收到了很多仰慕者的来信。而最精致、最有水平的那封信上署着法瓦兹的名字：您的声音，是梦中之梦，把我们带到爱情与极乐的边缘。我无法抵抗，我承认我听您的歌听了很长时间。请原谅我的这种软弱，不过我会遵守我们的约定的。再见。法瓦兹。

莎琪娜向她的妈妈吐露了心事，她的妈妈说：“我的女儿，你已经长大了，而生活只教会我一件事，唯一的一件事，就是不能轻信。男人是不会真心的，他们懦弱，而且为达目的，会向你许诺给你月亮，甚至让星星落下来使你惊奇，只为了让你上当受骗。之后，他们很快就腻烦了，开始东张西望。而你爸爸不一样。我们是表兄妹，按照习俗订了婚。他娶了我，晚上经常和他的朋友们出去瞎混。等他厌倦了这样放荡的生活之后，他回到家里，乞求我的原谅。爱情在书本里、影像里、电影里是美好的，事实是，在爱情中，重要的是日常的生活；而这，人们却很少说，因为这不容易说清楚。如果你的男人在跟你面对面吃过饭之后，还爱你，如果他在节日晚上跟在平时的一星期的某一天对你同样关注,这就是爱情。可是之前怎么能知道呢?我不了解这个黎巴嫩来的男人。从表面上看,这是个很有教养的人。他也是认真的。可是你们把家安在哪儿?这里,伦敦,还是贝鲁特?好好想想,尤其要想想你的声音,想想你的工作。阿拉伯人不喜欢他们的女儿或者姐妹当歌手。在他们看来,这是一个离妓女不远的职业。你确定法瓦兹不会阻止你继续唱歌?男人不仅懦弱,还心胸狭窄。他们不能容忍他们的妻子抛头露面,不能忍受他们的妻子成功,比他们更有名。就是这样。也许这位优雅的男士因为经常接触英国人,已经摆脱了阿拉伯传统的枷锁;也许他已经成了一个文明人,尊重妇女,尊重她们的权利,尊重她们的渴望与激情。他将会是一个英雄!或许我的女儿遇见了一个英雄……未来会告诉我们。"

时光流逝,莎琪娜开始生活在回忆梦一般的事情中。有些梦美好而神秘,有些庸俗而平凡。她故意把现实与想象混合在一起。她自己感觉到恋爱了,却没有办法设想出将来的生活,也想象不出自己在法瓦兹身边老去的样子。某种深刻的东西阻止这种幸福宁静的画面出现。她懊恼自己一直想这件事,等着法瓦兹的信或电话。她想到了最坏的事情。她看到他正在对另一个女子说着对她说过的话,或者变得冷漠、粗俗、凶恶,让人认不出来了。不。这是不可能的。为什么要故意抹黑他的形象呢?为什么要破坏自己的希望呢？因为猜疑？为了学会失望？妈妈已经提醒她要警惕了，可妈妈更多地是出于原则，而不了解原委。她的话是一个建议，一种预防，是放之四海而皆准的道理。阿拉伯女人从来都多疑个没完没了。她们挨了那么多打，受了那么多歧视，已经变得冷酷无情、残忍粗暴了。当然不是所有的阿拉伯妇女都是如此。然而，莎琪娜的妈妈希望她的女儿刚强，不去幻想，甚至要有点儿无情。莎琪娜像少女一样幻想爱情，从为年轻女孩写的小说中寻找生活的影子，宁愿生活在梦幻中，也不愿生活在现实里。得承认她的现实生活实在微不足道，一些例外的大事，家庭节日都会使这种无关紧要的生活显得重要。她在这种时候总是被要求唱歌。人们曾把她和她的姨表兄看成一对，她的表兄是个自命不凡的年轻人，喜欢打牌而不喜欢听音乐。他们曾调了一个夏天的情，之后就不了了之了。那些偷偷摸摸的约会，那些眉目传情，几丝浅笑，几句赞美，玫瑰花，香水瓶，礼物，还有一些仅仅因恋爱的感觉而美好的不眠之夜，这些都过去了。

莎琪娜从伦敦回来之后，教她唱歌的老教授来看她，祝贺她发行了唱片，也提到了官邸里发生的事。她证实了那件事，并向教授征求他的意见。

"我的孩子，我对那些人知之甚少。他们使得整个地球的人都极其看不起他们。钱是他们的信仰，钱给他们带来权势，这也是他们的劣势。真正的王公酋长不会像他们那样,而且真正的王公酋长从不在公共场所随意露面。经常是那些冒牌酋长、远房表亲、宫廷的官员在国外被当作上流人物。尽管如此,我还是很佩服你的勇气。你表现得很出色,为许多遭受他们狂妄无礼的妇女洗刷了耻辱,不过,要知道,有些妇女愿意屈从于他们,不能认为她们全都是受害者。你不在这儿的这段时间,你的事情传得沸沸扬扬,我觉得伦敦都有人谈论这件事。你要当心!留意自己!继续你的唱歌事业!"

"我要当心什么?要提防谁?"

"我这么说是为你的将来考虑。永远不要和他们有任何瓜葛。就这些。你是一个灵魂纯净的歌手,这在你的职业中是很稀少而又珍贵的。"

在伦敦,法瓦兹事务繁忙,他去近东出了几趟差,他的生意蓬勃发展。在两次空歇期间,他抽时间给莎琪娜打了电话,说了些绵绵情话。他口才好,几乎具有找到恰当词汇的天赋。怎么就不能屈服于他的魅力呢?莎琪娜问自己。没有一个女子能抵挡得住他的诱惑。这样想着,莎琪娜有点不安,有点担心法瓦兹是一个始乱终弃的男子,是唐璜,是拈花惹草的男人。她想更多地了解他,了解他的过去,了解他的生活。可她找谁来询问呢?谁会认真地告诉她这些呢?找介绍她跟他相识的领事吗?她与领事的交情还不足以使她给他打电话问些私人问题。她想要出其不意地去伦敦,出现在法瓦兹住的酒店里。这又太冒险。她又想到她有什么权力责问他呢?她给他住的酒店打电话,不是为了跟他说话(如果想跟他说话,她直接拨他的私人电话了),仅仅是为了知道他回酒店了。她试图满足自己的好奇心,之后还是放弃了。完全出乎意料,就在这个时候,法瓦兹打来电话,要来她家里待两天,见见她的父母。一切都进展太快了。她几乎没有时间打扮一下,收拾一下家里那个准备用作接待的房间。妈妈不同意装饰客厅,她对女儿说:"我们没有什么可隐藏的,我们身份低微,我宁愿他看到我们贫寒。粉饰脸面有什么用?撒谎有什么用?掩盖我们本来的样子有什么用?如果他是认真的,如果他是真诚的,他就应该知道他在跟什么样的人交往:生活艰难贫苦的人。你的爸爸不是商人,你唱歌能挣些钱,可阿拉伯国家盗版猖獗,你的唱片版税也不多。就是这样。我们要真实。经过了疯狂爱情的温柔美好,你们要回到现实生活中。我就是想要把这日常的生活礼貌而坚定地展示给他。"爸爸想要穿上他的深色西服,借口说今天是个重要的日子,被妈妈制止了。房间很干净,衣服也熨过了。莎琪娜穿着简单而平常的裙子。妈妈如往常一样严厉。法瓦兹到了。他穿着上等的海蓝色西装,给每个人都带来了礼物。给爸爸的是一支笛子,给妈妈的是一块手表,给哥哥带了小型计算机,给妹妹带了激光阅读器。而给莎琪娜的礼物,是一只镶嵌着钻石的戒指。妈妈打算拒绝这些礼物,她突然有些悲伤,眼里含着泪水。爸爸很激动也很满足。莎琪娜不知道该不该接受那个戒指。她看着妈妈,妈妈示意她不要说话。莎琪娜把戒指放在对面的桌子上,定定地看着它。泪水涌出了她的眼眶,这是幸福的泪水,不安的泪水。这一次,法瓦兹什么也没说。他感到局促,微微有些紧张。他抱歉说打扰了,就起身要离去。爸爸拉住了他。这时,法瓦兹正式请求娶莎琪娜为妻。爸爸说这要看莎琪娜愿不愿意。妈妈端上了茶和蛋糕。他们是善良的穆斯林,按照礼仪,他们举起拉着的手,背诵了《古兰经》第一章,互相致敬。法瓦兹动情地谈起了他的父母。他的母亲早已过世,父亲在妻子死后过得很痛苦。法瓦兹让人听起来好像有些思绪混乱。他哀伤了一会儿。大家决定在夏天来临之前举行婚礼,然后法瓦兹告辞去处理他的生意。莎琪娜开始准备嫁妆。怀疑与不安,不再不怀好意地困扰她。生活真美好。一切都朝着她微笑。她满怀热情地投入工作。埃及的作曲家们纷纷提出为她作曲。电视台把整整一个晚上的时间都给她唱歌。莎琪娜就要成为阿拉伯伟大的歌星了。

婚礼在五月的最后一个星期如期举行。这是一个没怎么声张的小型庆祝婚宴,只邀请了家人和几位好友。新婚之夜,新郎新娘太累了没有做爱。他们只温柔地拥吻。第二天,他们就坐飞机到罗马和威尼斯度蜜月去了。

然而蜜月却充满苦涩与酸楚。法瓦兹变得烦躁易怒。到了罗马的旅馆，他要求订一个有两张床的房间。他说他只有一个人睡才能睡得着。他总是打电话，说好几种语言。吃晚餐的时候，他动作笨拙，打翻了他的可乐，弄脏了他的上衣。他一下子发了火，说是莎琪娜的错。莎琪娜哭了，起身上楼回了房间。当他回到房间的时候，莎琪娜假装睡着了。法瓦兹吸了很多烟，电视看到深夜。莎琪娜开始怀疑他的性欲。她不明白他为什么不抚摸她，不明白他为什么不跟她做爱。夜里在他睡着的时候，莎琪娜靠近他，开始抚摸他。当她的手接近他的腹部时，他惊跳起来，说医生禁止他这两周内有任何性行为，因为他正在接受一种可传染的肝病毒的治疗。莎琪娜到浴室里去找药，只找到一瓶醋氨酚，一盒阿司匹林。法瓦兹告诉她，他用的药在药店里买不到，是一种需要注射的干扰素，他的医生已经给他用过药了。

莎琪娜觉得这件事能说得过去。可她还要保持处女之身多久呢？她对于身体之爱的了解仅限于小说故事里的描述。她跟她的表兄调情的时候，曾把表兄的阴茎放在手里抚摸。她的表兄也抚摸她的胸，可她不让表兄把手放在她的阴部。她紧紧地夹着大腿，强烈地拒绝抚摸。她在书上读过，一个年轻姑娘只要中指一戳就会失去童贞。现在，她的童贞等着失去，她的大腿松开，她的阴部张开，可她爱的男人却沉沉睡着，甚至还打鼾。她取下戒指，在浴室的灯光下细细欣赏。这些钻石是假的吗？这一切都是假的吗？这个男人不是真实的，这场婚姻不过是幌子，蜜月不过是写得不好的梦，一场被改头换面的丈夫扭曲了的梦？一切都令人困惑，令人不安……非常不安。就在她忧心忡忡，独自流泪，感到自己又丑又没用，被欺骗被抛弃了的时候，法瓦兹把她拥进怀里，吻个不停。他告诉她，这场婚姻对他来说是实现了一个梦想，一个过于强大的梦想，使得他因此着实不知所措。他显得温情脉脉，对她说了些不费力的殷勤话："你的眼睛如此美丽，天上的鸟儿都会落下""让你的眼中流出泪水简直就是罪过""耐心一些，梦还没开始呢"……诸如此类。莎琪娜稍稍安心了。他们到一个面朝圣马科的地方吃晚餐。他表现得很专情。他的手提电话却从不离身。他们正吃着晚餐，电话响了。法瓦兹又变得很严肃，他站起来到餐厅外面说话。莎琪娜看看她的周围。一对英国老夫妇静静地用着晚餐，他们令人产生好感。莎琪娜心里想：这就是一起变老，无需言语，无需解释，一个眼神就够了。我有一天会达到这样的境界吗？……招待她的服务生已经很老了，行走不便，手还颤抖。他或许是意大利最老的服务生了。也许他是餐馆的老板。他走向莎琪娜，对她说："小姐，您真漂亮！"然后，他就到别处去了。一个老妇人一边看侦探小说，一边独自吃饭。这个餐馆里挂着很多电影明星、当红歌手和运动明星跟老板合影的照片。有些演员还把自己的肖像送给了老板。莎琪娜心想,有一天她的照片将会和这些明星放在一起。法瓦兹回来了,情绪大变,面色不悦:

"我明天得到戴尔。很紧急。一桩生意有变糟的危险。我在你的国家的时候,我的一个合伙人犯了一个错误。我必须去看看发生了什么。这桩生意值几百万,很抱歉这样毁掉了我们的蜜月。我建议我们一起去罗马。你游览城市,我们在周末会面。或者你可以去伦敦拜访你的唱片公司。"

"不,我和你一起去。我不会离开你。你的困难就是我的困难。我的成功也是你的成功。我爱你。我不愿你一个人去。我们互相还不很了解。我们甚至还没有时间一起感到无聊,没有时间争吵。"

法瓦兹笑了,把她紧紧搂在怀里,对她说:

"你真是一个不同寻常的女人。我需要你的支持,需要知道你在我身边,深情地帮我。我们的爱情真令人赞叹!"

这天夜里,他们紧紧相拥而眠。莎琪娜感到了她丈夫的勃起,但是尊重他节欲的需要。她建议他们带上避孕套做爱。他不同意,引用了巴西人的谚语:"带着避孕套做爱,就像吃裹着糖纸的糖果!"她大笑起来,用手去抚摸法瓦兹的脸,他没有反对。

在戴尔机场，一辆黑色利摩日汽车在飞机的客梯旁等着他们。车窗是烟熏的。司机很胖，留着大胡子，表情严峻。他一声不吭，一把拿过法瓦兹的手提公文包，打开车门。天气很热。车里有空调。车里没人说话。莎琪娜想要靠近她的丈夫，拉着他的手。法瓦兹用目光制止了他，命她待在自己的地方。她就没动，去看窗外的城市风景，高速公路、高楼大厦，却没有行人。一些也门和巴基斯坦来的劳工在搬运水泥袋。他们很费力地往前走。外面的温度在阴凉处也有四十五度以上。

汽车猛地开进了一座宫殿。莎琪娜问为什么他们不先去旅馆。法瓦兹示意她不要说话。他从口袋里拿出一串念珠，烦躁地拨着。莎琪娜心想，他提到的那件事肯定很严重。汽车开始减慢速度的时候，法瓦兹用力地抓住了他妻子的手。汽车在宫殿大门的对面停了下来，司机打开了莎琪娜那边的车门。法瓦兹已经下车，等候在宫殿的大门口。莎琪娜看到一个穿白衣服的小个子男人，矮胖，大腹便便，胡子稀疏……她怀疑自己出现了幻觉。她认出了那个酋长，那个她伤害过、唾过的酋长，说过喜欢她的声音和她的胸、要她嫁给他的酋长。

他定定地看着她，莎琪娜差点昏过去。当她把目光转向她的丈夫的时候，他避开了，对酋长说：

"老爷，东西带来了！任务完成！"

两个黑人太监带走了莎琪娜,把这个美丽的女歌手带进了一座生命的牢房,就连真主所承诺的地狱比起她将要忍受的生活也算不了什么了。迫于威胁,莎琪娜给她的父母写信说她很幸福,说她出于对她丈夫的爱,不再唱歌了。

女人的诡计

曾经有两个闺密互有爱意及友情。她们之间的爱情是柏拉图式的,她们的友情珍贵且亲密无间。一名女子头发金黄,另一个则是棕色头发;一个经历过男人无数,而另一个等待她英俊的真命天子。两个女子一致认为男人是被利用,是为她们的反复无常买单,并最终受苦的。她们成了耍手腕的高手,不择手段地实施她们的诡计。一个跟人上床,另一个仅让人抚摸。一个有缓慢而又断断续续的性高潮,另一个诱发愉悦,却一面想象与性爱无关的场景,一面继续自我抚摸。

一切都风平浪静,直到有一天,金发女郎爱上了一个人,做了爱情的俘虏。她一面对拉尔比,就情绪激动,心跳加快,声音颤抖,没了力气。她自己都不敢相信。拉尔比是一个五十岁的已婚男人,是四个孩子的父亲。他制造伪币,非法买卖烟酒,往欧洲偷运印度大麻。他当过兵,做过警察,经常进出城里的监狱,可是在爱情上他却很温柔。他有着人们所说的威望,仪表堂堂,富有直觉。

他热衷挣钱，而且花钱就像他挣钱那么容易。他建造无人居住的高楼和别墅来洗钱。这些高楼和别墅都闲置着，可他并不放在心上。女人对他来说也不是回事，只不过是一种休息，随兴所至，清空大脑。他把这看成是一天生活的必需。他喜欢称之为"走私犯的小憩"。他给予欢愉也获取欢愉，尤其当女人趴在他的脚边不愿走的时候，他更加满足欢欣。然而这个臭名昭著的奸商并不粗暴。他发现紧抓他不放的女人喜欢被控制，而且在他身体下很享受。金发女郎一看见他就失去了理智，一上来就说她会不惜一切让他快乐。她在他的手下，在他腿间，变得柔软顺从，像蛇一样盘在他的怀抱里，快乐得哭了。

尽管在爱情上并不粗鲁，他也不动情。找女人，与这些女人多次联系，以及他使得这些女人之间建立的某些关联，对他来说就像印度大麻的交货单同样重要。这个又矮又瘦的男人，眼窝深陷，目光难以捉摸，一会儿像是被重活压垮的码头工人，一会儿又是如鼎盛时期的辛纳屈一样的迷人歌手。对于女人他充满着诱惑与魅力。她们觉得他身上有某些东西使她们为了跟他恋爱而情愿受苦。在丹吉尔的传统社会里，他的名声很不好。人们说起他就像说一个靠死人挣钱的恶棍，或靠败坏欧洲青少年发家的混蛋一样。最令人不齿的是，他是虔诚的穆斯林，时不时到麦地那的大清真寺做祷告，还给乞丐施舍财物，以致乞丐们相互转告，蜂拥前来等他施舍。他的慷慨不是装模作样。他在坐牢的时候，还委托他的一个打手到清真寺做慈善。

只有他自己才不会把他的非法交易与欧洲青少年的堕落联系起来。他做生意从不因受道德困扰而犹豫不决。相反，他在意自己留给女人的印象。他极其慎重地保持他的神秘和秘密。他的第一任妻子已经很老了。她什么也不缺，得过且过，迁就所有事实。她的丈夫一直在工作，而她不想知道这么费时费力的是什么工作。

金发女郎如果不嫁给拉尔比就会疯掉。她需要确定拉尔比是她的，尽管他实际上不属于任何人。甚至他的孩子也不能拥有他，他给他们很多礼物却很少去看他们。

他们没有举办婚礼，拉尔比同两名民政人员进入他的办公室，登记结婚，然后就带着他的新婚妻子去了休塔。他们关在屋里做了两天两夜的爱，直到做得恶心。幽居完了，他踉跄着从床上起来，打电话安排他的工作。他用一种她听不懂的语言讲话，那既不是法语，也不是西班牙语，而是里弗语、阿拉伯语和佛拉芒语的混杂。金发女郎完全不明白他说的是什么，可她不在乎。她唯一感兴趣的事就是耗尽这个男人的精力，直到他乞求怜悯。但她从来没有成功过。有一次，她发誓要对他不停歇地口交。她的计谋，她无休止的目的，就是要把他耗干耗尽，要看到他的精液源源不断地流出，然后要求他给她欢愉。可他是累不垮的。他似乎看穿了她的阴谋，嘴角挂着微笑任她做她想做的。这种持续很长时间的较量使她差不多要认输了,之后,她想到一个主意,就是建议她最好的朋友棕发女郎加入进来。

她对女友讲述了一切,所有她跟这个走私贩之间做爱时的嬉闹。她注意到棕发女郎眼睛睁得大大的,充满了嫉妒。就在这种冗长细琐的闺密交谈中,她告诉了棕发女郎她的计划:

"我从没有见过这样一个性格强硬、性能力如此强的男人。我想知道我是不是弄错了。我是否被我的幻想给欺骗了。其他人或许也和我一样有这样的感觉,也感到几乎同样病态的诱惑?如果脸皮厚点,如果再玩世不恭一些,我就去找他的第一任妻子了。虽然他不再碰她,她心里肯定还存留一丝火花,存留某些不寻常的回忆。可我不打算去见她,这样做显得我太恶毒。不过,你,你可以帮我这个忙。"

"去找他第一个老婆谈谈?"

"不,跟他做爱。"

"这会毁掉我们的友谊的!"

"我们的友谊牢不可破。这在我看来是短暂的小波折,我们的友谊高于这些波折。"

"那是说你把你的丈夫借给我!"

"我不喜欢'借'这个词。虽然丈夫是一个性交机器,但不是一件物品。"

"那做什么？怎么做？怎么勾引他，怎么能上他的床？"

"我相信你勾引得了他。"

"那倒是，不过我在这件事中就成了性工具了……我很想帮你忙，甚至可以说我对这件事很好奇也很感兴趣，可我也不想吃亏，现在我给你提个建议：你说服他向我求婚。我不过会成为他的第三个妻子，法律规定他能娶四个妻子呢。"

"你真贪心啊！这倒使我有些担心我们的友谊了。我们必然会成为情敌。我没有跟他的第一个妻子共有他。不过，你不一样。我们会真正地分享他。我跟他睡一夜，你跟他睡一夜，就像我们奶奶那个时代一样。不过我们不上他的当，我们享受他。"

"这很好玩。我们不会感到厌烦。还要简便地安排一下，我们每个人有自己的房子，在同一街区更好。每天早上我们碰面讲讲各自的夜晚。"

"如果计划进展顺利，我要求订个约定：无论发生什么，我们都是朋友。"

"无论发生什么？我们在冒险，也许我们的友谊会因此更加稳固，或者也会因此而破裂。"

"我们一直彼此相爱，为什么一个男人一下子就能毁坏这么坚固的友情呢？"

"我也这样想。"

金发女郎毫不费力地使丈夫接受了第三次婚姻的想法。她向他提出这个建议就好像安排他到她的老朋友那里去休息一样。这个男人对这个大胆的想法有些吃惊。他没有作任何评论，只背诵了《一千零一夜》中美女的断言："我们女人是不一样的，我们想要的，一定能得到！"

和金发女郎一样，棕发女郎也没有声张地结婚了。棕发女郎的父母反对这场婚姻，但最终还是接受了。新婚夫妇住在市中心一座高档别墅里，面朝大海。第一个星期，金发女郎决定独居，丈夫没有给她打电话，倒是女友打来电话询问近况，并说她还没有跟他做爱。她只让他抚摸，可只要他想更进一步，她就推开他。

"你为什么这么做？"

"为了打败他。必须让他主动想要我，而且只想要我。任何其他女人的影子都不能出现在我们之间。别怨恨我。这是达到我们目标的最佳策略。"

金发女郎不安了，她没料到这种结果。几天后，丈夫来找她，迫不及待地扑到她的身上，尽情地做爱。他坦白地告诉她，他觉得她的朋友不可理喻，他后悔跟她的朋友结婚了。离开的时候，他说一定要解除跟棕发女郎的婚约。金发女郎松了口气，又有些遗憾。

她给她的朋友打电话。她的朋友正打算最终把她的童贞给配偶,因为尽管二十六岁了,她却仍是个处女。"就在今夜。"她向她的朋友透露说。她一赤身裸体面对那个男人,就对他说:"先别急!我们有时间。你先冲破我的处女膜,不过你不能用你的阴茎,而是用你的舌头和极大的耐心来做。我也许是第一个被一条这么棒的舌头破处的女孩……"

第二天早上,金发女郎等着她的女朋友来拜访她或打来电话。没人敲门。这样的平静一直持续了十天十夜。那个男人甚至疏忽了他的生意。陌生的人来敲金发女郎的门,询问他的藏身之处。当他得知手下人的这些举动之后,离开床几小时,就又回到棕发女郎身边。妖娆的她欲壑难平,露出了她计谋多端、花样百出的一面,确是性爱高手。她喜欢蒙上他的眼睛,轻轻挑逗他的身体。她禁止他射精,迫使他尽可能长时间地勃起。她在他的身边翻转,用她长长的头发轻触他。她把这叫作"空中的爱"。男人躺在床上,不明白愉悦来自哪里。棕发女郎慢慢用阿拉伯语说着荤话,竟然也感到无比的欢愉。她做的这些是传统阶层认为"失节"的事。不知耻,不尊礼,违反一切禁忌,自由地放纵自己,自由地玩乐。因此,抚摸的时候,从不喝酒的她要了一杯上等的好酒。男人没说什么,依了她。他发现这个女人想象力丰富,有种让人欲罢不能的魔力。她的快乐不会一成不变,有一种他之前从未接触过的激情。这种情形使他感觉快活,他渐渐地任由自己进入游戏。他随着她漂移,却看不见出口,而她则完全清楚自己在做什么。她掌控局面,支配她的男人,在两次抚摸的间歇,温柔地指使他去做一些事。一天晚上,在激起他的欲望之后,她要求他去跟第一个妻子做爱。很多年以来他都对第一任妻子没有欲望了。可她还要坚持陪着他,要看看他是否真的照她说的做了。事情最终要变得滑稽可笑了。巧的是,男人的老伴去旅游了。于是,棕发女郎又指使他去找她的朋友金发女郎。男人认为这次考验不是那么痛苦。他的第二个女人穿着睡衣在卧室里等他,棕发女郎坐在客厅里等着。几分钟后,男人就出了卧室,满面愠色,几乎马上要大发雷霆了。他的目光一落到棕发女郎身上,就放弃了大吵大闹,穿上衣服走了。金发女郎确信她的男人着了魔。他不再勃起,而且烦躁不安。两个朋友互相拥抱了一下,没有说话。

金发女郎开始反问自己,还有比这更糟糕的主意吗。一切都和以前不一样了。她回想起和棕发女郎的友谊之约,叹了口气。那一刻她明白她正失去一切,她的丈夫和她的朋友。而她已经失去了一切。为了求证她的猜疑,她使自己处于不利。她玩火自焚,现在只能等待事情的结果了。

三个月后,男人休了他的前两任妻子,给她们每人一笔可观的年金来安抚她们,就再也没有出现过。

而棕发女郎则离开城市,跟她的合法配偶住在一个农场里,为男人生了很多孩子。

青　蛇

我喜欢乘船旅行。在人们因为快捷而蜂拥坐飞机的今天，乘船是一种奢侈。乘船的人悠然地前往目的地。他们趁此机会远离以前的生活，准备进入新的节奏。今年夏天，我登上了一艘往返于赛特和丹吉尔的渡轮马拉喀什号。我刚一上船，一个身材矮小、五十岁上下的男人就张开双臂向我走来。他向我致敬，拥抱我。我从没见过这个男人。我有些窘迫，不过没说什么。这看来是因为长相酷肖而导致的误会和错混。不，绝不是这样。男人肯定地对我说：

"我叫哈吉·阿卜杜克里姆。我在异常炎热的一天出生在马拉喀什；我娶了一位西西里姑娘，并且有了三个孩子。我的孩子们都知道您而且很喜欢您。而我，哎，我不识字。我的妻子读书给我听。我虽然不读书，可我生活经历丰富，历经那些看得见和看不见的生活。我的职业？把我的国家的美与复杂展现出来，使外国乘客爱上它。可是促使我来到您这里的是——我期待与您相见的这一刻很久了——我想向您讲述一个故事的强烈愿望。这是一个真实的故事。您不是一位作家吗？那么，请听我讲。这是关于布哈伊姆的故事。布哈伊姆本分正直，努力养家糊口。这个命运故事发生在恶的道路上。请听……"

哈吉·阿卜杜克里姆在大厅中央，乘客们跑来听他讲故事：

一

游客好久都没在布哈伊姆和他的蛇前面停留了。这些蛇都太老，太疲乏，它们不再积极地应和耍蛇人的音乐。布哈伊姆徒劳地换了笛子，又改曲子。这些蛇勉强抬起头，或倦息，或不听驯。只有一种方法能使表演重新吸引观众：换掉这些蛇而不是换耍蛇的工具。布哈伊姆决定省吃俭用，买一条年轻、聪明灵巧的蟒蛇。他从一个以养蛇著称的村子里买了一条来。他抚摸她，逗弄她，然后演奏了一小段曲子。这条蛇极具天赋。她的表现不同凡响，她自如地扭动身子，与节奏配合得天衣无缝，在曲子结尾吐出信子。布哈伊姆重新有了自信。他的那些蛇也都被青蟒蛇吸引住了。

夜里，布哈伊姆做了一个奇怪的梦：明亮的月光照着一个大广场，广场上空无一人。他盘腿坐在中间，不能动弹，就像是被一种特殊的胶水粘在了地上。在他对面出现了那条青蟒蛇。她的头还是蛇的样子，身子却是一个泛着青色的年轻女子的轮廓。布哈伊姆不知道她是穿着青纱衣,还是她原本的蛇皮的颜色。她一边绕着布哈伊姆转动,一边对他说:"今天下午,我按照你的要求表演了,向你展示了我的能力。可我不是你想的那样。你不能为了取悦你的游客让我扭来扭去,我更该去做更好的事。我年轻,想要生活,想要在田野里奔跑,想要有感情,有快乐,在年老的时候有回忆。如果你的游客想找惊险刺激,他们只需到亚马孙森林或者能给他们留下回忆的石头多的国家去。我警告你,如果你让我去表演,你会后悔的……而且,对将要发生的事,我恐怕你连后悔的时间都没有……"

说着这些话的时候,她一直在他身边转动,掠过他的手或他的髋部。布哈伊姆努力回答,喉咙里却发不出声音。他被魔住了。青蜘蛇觉得自己很安全,就继续说道:"不要试图跟我解释你的困难,也别想得到我的同情。放走我,你就会平安无事。我还有很多事情要做。现在是收获的季节,我得回到石头下面去。我喜欢俯身拾麦子的小女孩鲜嫩的手,而你的游客使我恶心。他们很难看。可你,你得了他们一点儿小费就沾沾自喜。有点尊严吧!现在,你回去吧。太阳就要升起。这个广场会挤满了人。但是你,你要好好反省。如果你想要太平,就得还我自由。"

布哈伊姆一下子惊醒了,他浑身发热,又不停地颤抖。他去查看装蛇的箱子。那些蛇都睡着,青蜘蛇也在那儿,安静地熟睡着。

布哈伊姆安下心来，沐浴之后开始做晨祷。这天，他双手合十，请求真主的庇护："安拉，伟大而慈悲的真主，请你让我远离恶，远离那些无所顾忌的东西吧。我是个弱小的男人，以耍动物为生。我没有办法来对抗恶，也没有办法改变职业。世道艰难，我们世代以耍蛇为生。我一生下来就接触蛇，在蛇中间长大。我从来都不完全信任它们。它们容易背叛主人。我是善良的穆斯林，我不相信生死轮回。可我有时会遇见一些人，他们带着伪善的面容，呲着牙笑，却有着以前的毒蛇一样狠毒的心肠和灵魂。"

布哈伊姆并不习惯于做祷告或为自己辩护。他从事这个职业这么多年，从未有过疑虑。那天夜里的梦使他受到了震动。梦里的事有某些真实的东西在里面。他害怕了。他害怕发生意外，害怕遭到毒手。

这天，他得在一个大酒店里耍蛇。观看的游客额外付了一笔钱，因为这场表演保证具备异国情调：看一条蝰蛇在一个山民的音乐中舞蹈。在离开家之前，布哈伊姆念诵了一篇祷文，把一个银手掌护身符挂在了脖子上。他没有骑自行车。按理说，没有什么可害怕的了。他在指定的时刻出现在酒店里。游客们刚刚吃完古斯古斯馅饼，喝了玫瑰红葡萄酒或啤酒，酒足饭饱，昏昏欲睡。主持人介绍布哈伊姆出场："女士们，先生们，现在为各位表演的是您久闻其名却未曾亲见，走南闯北融汇贯通，非为魔力更有诗意，冒着生命危险为您带来不一样感受的本地最著名杂耍师，有请布哈伊姆和他的蛇……"

游客们拿出了照相机。有些游客不以为然；他们喝着薄荷茶，啃着羊角面包。布哈伊姆走进场子，瘦弱而又神情犹豫。他鞠躬向观众致意。在弯腰的时候，他相信他又看到了梦中出现的青衣女子。她鸟首人身，穿一件青色长袍。长袍凸显出她的身材，她几乎没有胸。她坐在树枝上，像孩子一样摇晃着双腿。布哈伊姆吹起笛子，迟迟不去打开装蛇的箱子，而游客们不再打瞌睡，眼睛紧紧地盯着箱子。布哈伊姆推开箱盖，把手伸进去，抓住了蝰蛇。实际上，是蝰蛇缠到了他的手腕上。就在他去抚摸蛇头的时候，她咬了他一口。她还有毒液，尽管布哈伊姆买她的时候亲眼看着她的毒液被去除了。布哈伊姆直挺挺地倒地死了，嘴里满是血和白沫。那些白沫就是毒液。游客们觉得这种搞怪太低级，没有意思。有些人气恼地抗议，还有些人看到死人恶心，吐出了吃的午餐。照片被拍下来了。这是对一场猝死的纪念，是对一个艺术家死在舞台上的留念。

布哈伊姆的尸体被送往太平间，放在了031号尸盒里。

二

阿里和珐媞玛两小无猜，上学的路上手拉手，在数学学习上互帮互助。现在两人都长大了，自打小时候订亲之后，他们本可以过着规规矩矩、和和美美的平静生活，成为令无数大学生羡慕憧憬的小资夫妻。他们因爱而结婚，他们的婚姻是天作之合，没有人能阻挡。然而，尽管表面上他们密不可分，两人之间却有很多隔阂：阿里有经济能力完成学业，在一家私人企业有一份工作。而珐媞玛出身寒微，勉强能识字，会写几个字。阿里是人们所说的那种"眼神能使天空的飞鸟落下来"的男人。为了显示他对女人的热衷，人们还说，他有双"绿眼睛"，实际上他的眼睛是黑色的。他酗酒、飙车，偷别人的妻子。珐媞玛是个家庭主妇，忙于家务，全心全意服侍丈夫和两个孩子，而且永远都在等她的丈夫。她逆来顺受，任劳任怨，不怎么聪明，不会给她的丈夫带来任何惊喜，对她的丈夫来说她也不再神秘。她是个诚心诚意做事的善良女人，毫无抵抗能力，过度的温柔体贴跟愚蠢差不多。珐媞玛一直安于她的软弱，就像她的母亲和外祖母。直到有一天，她决定采取行动，要做点什么把阿里留在身边。可阿里的生活不在家里，日常生活压抑苦闷，似乎没有什么使他留恋。如果珐媞玛敢反对阿里外出，他就给她两记耳光，摔门而去。阿里并不隐瞒他数不清的风流韵事。他到处拈花惹草，追求女孩子，并且从不否认，觉得自己不需要跟任何人解释。这更加剧了珐媞玛的嫉妒，一种病态的嫉妒。医生也不能把丈夫还给她。他们给她开镇静剂。珐媞玛不敢告诉家人自己的状况，可邻居们猜测到了她的不幸。一天，珐媞玛决定向一个算命的女半仙请教。"你的丈夫相貌英俊，他对你不忠，永远会对你不忠。这是他无法控制的。我看见一群漂亮的女人围着他想亲吻他。他天生有一种很强的能力，能给女人别的男人给不了的东西，似乎他就是为了满足所有被命运交给无能男人的女人而生的。他的使命就是弥补有些男人的障碍。你无能为力。他这种男人不适合结婚过日子。就算你把他藏到监狱里，那些女人也会把他从里面挖出来，从你身边抢走。坚强点！我只能给你说这么多，我的女孩！"珐媞玛心灰意冷，向她的邻居哈杜姬吐露了心事。哈杜姬是市立医院的护士，她曾经试图勾引阿里，却没有成功。她不仅理解朋友的嫉妒和酸楚，而且怀有同样的感受，也就只能跟珐媞玛共谋对策。她建议珐媞玛去找一位女巫。这名女巫善于调解夫妻矛盾，为大家所熟知。女巫的办公室在一间小公寓里，办公室入口处有一间秘书办公室，就在等候厅旁边。女巫师只接见预约顾客。她是一个年轻时尚的女人，研习过应用心理学。她的样子不像那些独眼老巫婆那样令人心慌。她要求珐媞玛讲述她的问题。她一边做笔记一边提一些精准的问题。

"这么说，您想要您的丈夫回到您身边，属于您一个人，而且只属于您一个人？我可以给您开一些药丸。您把药丸稀释在他的早间咖啡里，不过这种药的功效不是很稳定。我这儿还有种草药，可以混在面包里，但是这种药可能会使您的丈夫中毒。我猜想，您想要收回一个健康的丈夫，而不是一个病人……"

珐媞玛跟哈杜姬耳语了几句，之后对巫师说：

"我不想把他变成无能或瘫软的人。我只想让他还像我知道的那样，像我爱的那样强壮、多情、温柔。"

"这样的话，我给您开一副很灵验的古偏方，是我们老祖宗传下来的：把一团没发酵的面团放在一个死人嘴里一整夜，最好是刚死的人，而不是被忘在停尸房的尸体。您的丈夫只需咬一口面团，吃下去，就能变回您期望的样子。事实上，这个面团应该从死人嘴里拿出来就直接放到他的嘴里。这在他睡着的时候能办到，免得您没法让他吃下面团。"

珐媞玛提出找到一具尸体有困难，哈杜姬对她做了个手势。珐媞玛到秘书办公室付了钱。

当天下午，珐媞玛就准备好了面团。哈杜姬用手帕包着面团去了医院。那天夜里，哈杜姬值班。她到停尸房，打开装尸体的盒子找刚送来的尸体，好把面团放进尸首嘴里。天缘凑巧，031号盒子里的尸体还温热着，尸体张着嘴，嘴里残留着白沫和血。护士毫不费力就把面团卡在了尸体上下牙之间。第二天一大早，她用同一块手帕把面团带了回来。阿里还在熟睡。珐媞玛轻轻掰开他的嘴，把面团塞到他的嘴里。阿里毫无知觉地咬了一口，就再也没有醒来。

他死了。蛇毒仍然剧烈。

珐媞玛昏了过去。那个蛇首人身的青衣女子出现了，对她说了以下的话："根本不存在什么巫师，而愚昧无处不在。有个人想要违背我的意愿束缚我，他因此而死。另一个想逆流而上，她失去了一切。一个丧失尊严，另一个缺乏傲气。无论哪种情况，我从中提取出故事的寓意：一定要当心毒蛇，尤其当她们在充满苦涩和憎恨的夜晚被月光所诅咒之后，就更加需要提防。再见，我的女孩，你终于可以安宁地睡了，直到永远。你看，我并不完全邪恶……"

一则关乎爱情的社会新闻

这是一则社会新闻，当然是奇闻异谈，甚至有些匪夷所思，却真实不虚。一九八〇年十一月，在卡萨布兰卡，一个名叫斯里曼的人遇上了一件荒谬的事。

这天晚上，很多人在寒风和混乱中等待出租车。她也在等，双手交叉放在肚子上，满怀信心。人们不会跟一个孕妇抢车。人们尊重她，还帮助她。她虽然刚到车站，下一辆出租车就是她的。

斯里曼是一个性格温和的人。他憎恶暴力，总是避开人多的地方。曾经有一次，他差点被一群狂躁暴怒的人殴打。他的"小出租"红色西姆卡1000，在那次打斗中被弄得凹凸不平。从那之后，他很小心，不再在站台停车了，而是拉一些散客。

这天晚上，在回家的路上，斯里曼直接从站台开了过去。当他看到那个孕妇时，就把车倒回去，正好停在孕妇的前面。没人敢反对。孕妇还年轻，似乎不是本地人。她看上去像是迷路了。斯里曼问她"美妙的事"是否"快"到了。

"下个月,"她答道,"别担心,我无论如何不会在你的车里生孩子的!"

斯里曼笑了笑,不再说话。到了德尔盖艾勒路,在24号乙那一排房子前,他停下车,为女人打开车门。她请他稍等片刻,要去她姐姐那里拿些钱来付给他。斯里曼点了一支烟等着。五分钟后,那个女人回来了,哭着叫道:

"噢,老天啊!我该怎么办哪?姐姐家里没人,她肯定旅游去了。邻居们也都不在……我怎么付你钱啊,我和我的孩子到哪里去啊?噢,天啊!……我是外地人……我在这里一个人也不认识啊……"

斯里曼愕然了。他一点儿都不在乎计程车费,但他不能看着这个可怜的女人这么绝望而不管。

"夫人,我不会丢下您不管的。我们要互相帮助。我邀请您今夜到我家休息,等您的姐姐回来。我的妻子会很开心有客人来,我的三个孩子也会很高兴……我们房间不大,不过总还能接纳好人……"

"不,先生。您真好。我没想要打扰您,而且您妻子会误会的……"

"我的妻子人非常好,她为我生了三个孩子,一个女孩,两个男孩。她让我很幸福,我的妻子,她真的非常好。"

斯里曼坚持了又坚持，女人接受了邀请。到了斯里曼家，一切都很融洽。孩子们很兴奋，把他们的房间让出来给客人。斯里曼的妻子很温和，尽心地给准妈妈提了很多建议。她们一起给未出生的孩子起了很多名字，聊到很晚。

显然，斯里曼为自己和妻子善良的行为感到骄傲。第二天他起得很早。那个孕妇已经起床了。她休息了一夜，又很放松，所以感到很自在，就像在自己家里一样。斯里曼来问候她，提出载她去找她的姐姐。她似乎没有听懂他说的话，斯里曼就又重复了一遍：

"如果您愿意，我可以把您送到您姐姐那里。她可能该担心您了……"

"到我姐姐那里？哪个姐姐？你很清楚，我没有姐姐……你忘了我是在自己家里，我肚子里的孩子是你的！"

斯里曼惊得叫出了声，喊他的妻子：

"我们太善良了！我一直这么说。我们善良过头了！这简直不可思议！这个女人，她让我们有得受了！她硬说这是她的家，说我是她孩子的父亲……她疯了……不管怎样，我是不会跟她争辩的。我相信我们国家的公正。我叫警察来。"

他的妻子非常支持他这样做。客人突然大笑起来，像对一个仆人一样对斯里曼的妻子说：

"把早餐给我端上来。过来我告诉你一些秘密。斯里曼，你的丈夫，温和又谨慎，从不错过一次祈祷。可这个男人却是个很会引诱女人的人！看看这个金手镯，这是上个月他给我的礼物。还有这个珊瑚项饰，是我委身于他的那天他送给我的……我们的围巾也一模一样！这真是奇怪！他这个人也太粗心了……"

"闭嘴。我跟你没什么好说的。"

事态很快变得严重。法院受理了这件案子。法官决定，在具体审查这个案子之前，对每个申诉人建立一个医疗档案。他们的尿样、血液，还有斯里曼的精子都被做了分析。这些东西证明不了什么，只是例行公事而已。然而人们发现的一些事实使得整个事情发生了翻天覆地的变化。医生们断定：斯里曼不可能是孕妇肚子里孩子的父亲。他一直患有不育症。

这种戏剧性的打击把斯里曼击垮了。他开始酗酒，晚上睡觉都在出租车里。他的妻子也绝食。她向法官坦白了孩子的亲生父亲的名字。是他们的房东。她试图向每一个愿意听她说话的人解释她从未对她丈夫不忠，她是出于对她丈夫的爱才生下这些孩子的。用她的话说："一个男人从来都不会不育。这都是女人的错。"

幻景度假村

我不喜欢假日。可以这样说，我不知道双手该干些什么。我觉得不再需要它们。我甚至不知道这双手是什么。假日本来是为了休息，改变一下生活节奏和习惯。可我不需要改变。我的生活节奏一向缓慢而平淡无奇。我的习惯更像是癖好。如果像其他人那样在八月去度假的话，我会担心没法继续我的嗜好。我的癖好支撑着我，也帮助我忍受自己。我的癖好很简单，我只请求别人一件事：请不要打扰我的癖好，请任它们自由自在吧。

所有那些在同一天同一时刻上路旅游的人也有他们自己的癖好：那就是成为所有其他人，做所有其他人做的事，从来不错过大众流行。这是他们使自己安心的方式，以确定自己不会像傻瓜一样死去或者孤独地死去。我不是这样，我才不在乎自己是像傻子一样死还是聪明地死呢。

我不喜欢度假是因为我不喜欢旅行。一手拎着重箱子，一手挎个旅行包，嘴里咬着车票，在车站里跑，在机场排队办托运，还要忍受那些害怕坐飞机的人的紧张神经，或者那些觉得自己有义务带上他们已丧失记忆的祖母，全然不顾他们的祖母或许更愿意待在家里继续她的癖好。被一群无所顾忌的强壮的人挤来挤去，出行被延误，筋疲力尽地在一个不恰当的时候到达，找出租车……所有这些您可以去忍受，我更愿意退隐在房间的角落里聆听寂静，幻想残忍的爱情……

可我不能一个人躲在家里，我没有孤独的权利。我也就无可奈何地成了典型的度假者，在旅游旺季出游，饱受各种痛苦，还不能反抗，甚至连情绪不佳都不能表现出来：孩子们冷酷无情，他们根本体会不了旅游的种种辛苦，唯一使他们感兴趣的就是找他们的伙伴乱跑、游泳、跳舞、唱歌……

这就是为什么今年我到幻景度假村来度假。我很走运，因为幻景度假村是新开发的，还不大为人所知，很少有人光顾。这里的游客都是新成员，可以说是一个私人俱乐部。度假村由二十来个小房间组成，中间是一个异常干净的游泳池，走下一段阶梯，游客就能来到海滩上。细沙柔软，深邃的海面上掀起高高的海浪，壮观极了。这就是大西洋。这个地方静得让人不安，只有在早上，孩子们叫喊着跳进游泳池的声音才打破这宁静。也可以说，这跟电视里所展示的度假完全不一样。这个地方隐蔽，对一个不喜欢人群却不得不让步的人来说是理想的幽静之所。这个度假村是由两个品行端正的兄弟开发的。兄弟俩来自丹吉尔南部的一个小城市艾西拉。在七十年代,弟弟曾移民欧洲,艰苦奋斗,明白了一个道理:对于穷人来说,雄心壮志是一种美德。哥哥受过高等教育,时常去国外。

如今,兄弟俩为自己经过努力所创建的这个安宁平静的度假村颇感自豪。就是在这里,在这绝对的寂静里,我的想象力受到启发,开始观察,开始创造一切。创造一切?不是,但几乎创造了一切。一个自称在度假的作家是不可信的,因为他们从未停止过观察,也未停止过解读他们所观察到的,及想象他们所观察不到的。

我坐在暗影处,观察周围发生的事。什么也没发生,或者说几乎什么也没发生。可还是有某些东西暗涌在这个世外桃源般的小天堂里,潜行在这些崭新的公寓房间里,流动在这些文明、友好而且显然在这里感到快乐的度假者之间。我什么也没有看见,我只收集零碎的事实,把它们联系起来,整理整理,就有了一些或奇异或平庸的故事。

十四号公寓里住着一对意大利夫妇和他们的孩子。他们长期租下了这个公寓。男主人是一位工程师,带领一队人员在海底打钻安装输气管道。他的笑声刺耳,经常扰乱度假村的宁静。可孩子们都崇拜他,因为他很会跟孩子们玩,逗孩子们开心。他经常一早出门,傍晚的时候回来,抱着一堆玩具。他的两个女儿跟我的孩子们年龄相仿，他们用手势交流，玩得很高兴。两个女孩中一个吃得很多，另一个什么都不吃，只喝两瓶专门从意大利进口的牛奶。她从一开始就不喝摩洛哥的牛奶。尽管她年龄小，身体组织却已经有了自己苛刻的要求和习惯。她们的妈妈叫葆拉。葆拉所需要做的所有事情就是晒太阳。她已经在太阳底下晒了两个多月了，她的皮肤逐渐变黑。葆拉经常烦躁不安。她吃得少，睡不好。她厌恶睡觉，憎恨阳光，憎恨游泳。她嫌恶烤鱼，嫌恶芬达橙味汽水，嫌恶太阳琥珀。她对意大利广播电视公司的 RAI UNO 频道很反感，对她丈夫托尼及其办公室里的朋友西萨尔的小胡子很反感。她讨厌面条，讨厌博洛尼亚调味酱，讨厌那不勒斯调味酱，讨厌辣椒酱，讨厌摩洛哥烘饼，讨厌蓝天，讨厌触手可及的天空，讨厌对她的命运漠不关心的星星。葆拉经常莫名地哭，托尼总是很大声地笑，孩子们生来就吵闹。直到有一天，桑娅来到了度假村。

桑娅是从拉巴特来的年轻大学生。一个摩洛哥工程师朋友建议这对意大利夫妇雇佣桑娅来照顾孩子们。桑娅皮肤白皙，胸小，大腿结实有力，尽管牙齿不整齐，但笑起来很好看。她一句意大利语都不会说，只能用手势跟葆拉和孩子们交流，并时不时地翻看一本法意小词典。桑娅喜欢游泳，喜欢大海。她第一次照看小孩子，很快，她就不得不丢下两个小女孩自己玩，而去照顾她们的妈妈。她们的妈妈宁愿花时间无缘无故地哭，也不愿照看孩子们游泳。自从葆拉把桑娅看作理想的伴侣后,托尼很高兴地注意到葆拉哭得少了,而孩子们还是自己玩自己的,自顾自地吵闹,无人看管。桑娅做摩洛哥菜,全家都喜欢吃。葆拉再也不愿一个人待着,她寸步不离桑娅。她对桑娅吐露心事,在桑娅怀里哭泣,头靠着桑娅的肩膀睡觉。桑娅紧紧地抱着她,不时地用餐巾纸给她拭泪,或者舐去她的泪水。这一切发生在晚饭后,托尼在电视机前打盹儿,两个女孩已经上床睡觉了。从此,葆拉不再悲伤。桑娅可以化上妆,穿上漂亮的裙子,和夫妇俩一起去城里吃晚餐。托尼工作太忙了,他是主要负责人,没有哪怕一天的休息时间。葆拉喜欢在晚上晚些时候,什么都不穿,在公寓里走来走去。桑娅穿着一件很大的T恤衫当睡衣,她的乳房和胴体在T恤衫下影影绰绰。葆拉喜欢抚摸桑娅的胸。她摸着,笑着,桑娅怕痒,叫着跑到自己的房间躲起来。葆拉用力推开门,然后人们就什么也听不见了,除了一些模糊的声音和吃得太多的大女儿的打鼾声。

什么事情都不会在这里发生。这里的氛围和谐怡人,时光时不时地驻足不前,太阳炎热,人们可以美美地午休很长时间。一切风平浪静。度假村的创办人关注每个游客的满意和安宁。一切齐备,完美无缺,舒服至极。独处很惬意,夜色轻柔。

十五号公寓里的夫妇悄无声息,不引人注目。没有孩子,从不吵闹。男人不苟言笑，清晨在游泳池跳完水后出门，晚上在海里游泳之后回来。女人年轻漂亮，比男人个头要高，胆子却很小，走路时只敢看自己身前身后。她浑身上下透着一种无聊厌烦的气息。她往身上涂香脂的样子和按摩自己身体的样子很性感。她目光茫然飘渺，眼睛小而深，就像是享乐主义者的眼睛。她走路慢慢悠悠，经常吸烟，戴着一顶黑色鸭舌帽，更显得她优雅迷人。她的男人不跟任何人说话，人们看到他晚上饭后散步，耳朵贴着手机。别人不知道他在跟谁讲话，他的女人也不清楚这些电话是谁打来的。她的男人常常通很长时间电话。她安慰自己说她不想知道是谁打来的，她不插手自己男人的公事。她自称他们结婚很长时间了，说帕高为了能娶她而改信了伊斯兰教，这是他对她爱与钟情的见证。她每天都在等待她的男人。她是一个惆怅的女人，她从不掩饰自己的思念，反而享受这种思念，并在思念中沉思和幻想。她面朝大海而坐，陷入冥想。如果她的男人突然到来，她不会觉得打扰了她，也不会反感。可是他在哪里呢？他在做什么？她不想知道。他曾对她说过："我不喜欢你见到跟我共事的人。"她因此就得出结论：跟她男人共事的人可能会纠缠她，向她求爱。他们夫妻之间的沉默压抑而又沉重，男人说话的时候声音很低，仿佛害怕别人听到了一样。在餐馆里，他们各自吸着烟，不交谈。他从来不笑，她单独一个人时偶尔会笑。一天，他没有出去工作，而是接了很多通电话。在这天中间的时候，他穿上游泳衣，在游泳池里慢慢地游着。他的胳膊上绣着刺青。在他的右大腿处有一道疤痕，不是刀剑伤，而是一个子弹没有取成功而留下的窟窿。他没喝酒，裹上一条很大的浴巾试图掩盖那个伤疤。她不会游泳，只在水里走了走，打湿身子就上来晒太阳了。她夜间失眠，就走出平房来散步，她的男人也出来跟她一起散步，两人同吸一支烟。

一天，男人给女人带回来一个玩具：一只机械鹦鹉，能重复人对它说的任何话。她就对鹦鹉说"早安"来打发时间，鹦鹉也用有点儿变形的声音回应她。一个园丁透露，这对夫妇没有结婚。他的证据就是一个男人不会把这么性感迷人的女人安置在度假地不管。她可能是被软禁在这里，不敢反抗。园丁这么说的时候，女人就在游泳池旁边，听着随身听里的音乐打盹。

一天，女人从度假村出走，徒步走了很远。男人出其不意地回来了，他在房间里转了几圈，打了几个电话，烦躁不安地吸了很多烟。他倒想问问邻居或园丁是否看到了他的女人，可他不敢问。很晚的时候，女人回来了。人们听到了几声沉闷的叫喊。第二天，人们就没看见他们，只有那只机械鹦鹉，还在电视机上，机械地重复着：最后一次……最后一次。

度假村之名为"幻景度假村"确实名副其实。四月的清晨雾霭沉沉，把旅店和餐馆裹藏，再慢慢地、慢慢地在中午让它们突现出来。此时，太阳光穿透重雾。旅店和餐馆的招牌似乎需要重新漆一遍，餐单也需要改变一下，欢快的音乐也应该被禁止。可这个时候，没有人想要改变这地方的任何什么东西。幻景的秘诀很简单：轻轻地、缓缓地日复一日地重复。

度假村最好的房间整个夏天被一个巴黎女装店的店主租下了。店主是一个有修养的上流社会的男人。他富有同情心，慷慨大方，真诚待人。他的房门总是开着，朋友们络绎不绝。他们很喜欢到他家里来。他也很享受友情，喜欢跟朋友们交谈到深夜。他很愉悦。他的贴身保镖是摩洛哥南部人，皮肤黝黑，身材高大，走起路来像重量级拳击手那样矫捷。时装店老板很高兴地经常会见客人。他本希望跟女儿们度过一段假期，可他的两个女儿更喜欢到别处去，她们快步走路健身，在居民家里睡觉。他的生活没有什么可记录的。他相当谨慎，从不暴露任何与他的私生活有关的事情，而他的一个朋友昂热鲁的故事却值得一提。

昂热鲁应该算得上六十年代名为"来自丹吉尔"乐队中最为英俊的男孩子。他个头高挑，优雅，历经各种广为人知的感情生活。其中他跟一位杰出艺术收藏家的感情更是轰动一时。这位收藏家曾是奥斯卡·王尔德和让·科克托的门生。他死后，昂热鲁继续收藏古董。他把收藏的古董放在阿拉伯宫廷一个庞大无比的房间里。在很多方面，这房间都称得上博物馆，陈列着各种稀世珍宝、时兴的家具、风格奇异的镜子，顶上宛如迷宫。更令人叹为观止的是露台上还有游泳池。人们怀着好奇的心情来参观这个博物馆，并为它所蕴含的非凡野心——不朽——所震撼。没有人知道昂热鲁的年龄。他的身材依然修长，他的思维仍旧敏捷。他唯一担心的是没有待在他应该待的地方。他的位置并非世界的中心，但至少是晚宴和午餐的焦点。人们不敢疏忽了他。他很有趣而且极其可亲，但对不认可他的人，他也会很尖刻粗暴。昂热鲁是时装店老板家的常客。他每天都来，而且还带着三个孩子和孩子的父母。他自称这些孩子是他的孩子。他领养了他们，因为他们使他有活力有朝气。他为他们而活，承认把他们宠坏了。孩子的爸爸是他的朋友，也是他的管家和心腹。昨天，他不辞而别，无迹可寻。昂热鲁一下子苍老了许多。他说他的朋友"引发了危机"。昂热鲁，这个唯美、精细、忠于自己言行的男人，受到了伤害。他不明白，一个据别人的孩子为己有，使孩子的生身父亲仅仅成了传种者而对孩子没有任何权利的人，为什么遭到了抛弃。

这一星期将尽，一对新人来这清静之地度新婚之夜。他们住进了十号公寓。第二天早上，人们看到两个老婆婆到他们的房间里去收染上血的床单，她们用玫瑰色的缎子把床单包起来，放在银色的托盘里带走了。而这对新人的生活完全颠倒,他们下午两点醒来,五点吃早餐。然后他们搬出两把椅子,在游泳池对面坐下。他们拉着手,没有说话,看看大海、天空、玩耍的孩子们,之后,合上眼睛小寐。过了很久,他们才起来到海边散步,他们的手一直牵着。没有什么不寻常的事情发生。他们一定做了很多次爱。新婚伊始,往往如此。

一只迷失的猫在寻觅藏身之所。它想钻进公寓里,有个园丁撵它出去。这时,新娘走了出来,穿着一件五十年代埃及电影里常见的那种长睡衣。她抱起猫,紧紧搂在怀里,亲吻它。她的丈夫不喜欢动物,他夺过猫,扔了出去。猫又回来了,他又一次把它赶出去。女人恳求她丈夫让猫留下。男人说这不可能,这是只病猫。他一脚把猫踢进游泳池。孩子们纷纷跳进水池里救那只猫。年轻的新娘哭了。丈夫坐在电视机前赌气。这是他们第一次争执,以后还会有。年轻的妻子感到美好的时刻结束了。他们已经开始彼此厌烦了。新娘等到傍晚时穿上泳衣,跳进游泳池。天有些暗了。人们只能隐约辨认出她的身影。大家揣测她可能不愿丈夫之外的人看到她的身材,至少目前是这样。她的丈夫到水里跟她会合,他们像孩子一样玩耍,忘记了刚刚发生的事。就像电影里演的那样,妻子假装害怕,丈夫戏弄她之后又安慰她。又像电影里的一样,男人先从游泳池里走出来，用簇新的披肩作礼物裹在他的妻子身上。男人把披肩从玻璃纸里抽出来的时候不太顺利，女人站在水里发抖，好像很冷的样子。男人打开美丽的披肩，到水里接他的妻子，然后抱着她进了房间。他们做爱之后就睡了，没吃晚餐。

新婚夫妻回家了。幸福转瞬即逝。他们从此开始了日常生活，不再有幻想……只有孩子的出生才能推迟生活的厌倦无聊。

得穿过度假村的平房才能到海滩上。每周一和周二，都有一队英国游客骑着骆驼到沙滩上来，让一个近视的矮个男人给他们照相。他们在观光结束后，就到奇迹餐馆里吃饭。人们用烧鸡和烤牛肉招待他们。下午，他们带着感官的满足又一次出发。经过公寓的时候，他们想象这里正拍摄一部以幸福为主题的电影，名字就叫作《幻景度假村里的幸福》，讲述的是备受煎熬的夫妇来这田园式的地方思考他们的境况。

昂热鲁的朋友有了消息，传言说他跟一个女人在马拉喀什。他的妻子不敢去找他，怕知道真相。他的三个孩子也不去游泳池玩了。朋友们不敢在昂热鲁面前提起逃跑者的名字。昂热鲁悲伤不已。在漂亮房间的露台上，他一边吟诵博尔赫斯的诗，一边等待新月出现："新月，仿若傍晚细微的声音，告诉我该做什么。"

海滩外沿的挖泥机日夜不停地运转，轰隆隆的响声高过海浪的声音。它不知疲倦地挖泥，消失在浓雾中。

转眼到了夏末，夜晚有了凉意。业主聚集了俱乐部里所有成员来吃告别晚餐。气氛有些伤感。西班牙人带着另一个女人来了。意大利人的妻子没有跟他一起来。她生病了。桑娅走了。她或许承诺说还回来。葆拉硬说桑娅拿走了一些首饰。丈夫说她把首饰赠送给桑娅了，说她自己忘记了。这天晚上是清算旧账的时候。托尼含着眼泪坦言，整个夏天他都是一个人睡在大床上。葆拉微微笑了。时装店老板决定休息两天。他接待了太多人。这些人都是他的朋友吗？他们更是朋友的朋友。他害怕孤单。他为两个女儿骄傲。一个女儿钻研精神病，另一个照料动物。他没来参加聚会，可能在睡觉。新婚夫妇带来了蜜汁蛋糕。一对法国夫妇打开了一瓶香槟。其他意大利人也加入到了欢庆中来。音乐响起，有些人跳起了舞。他们打算明年夏天还来度假村。业主也表示明年公寓门前保证不会有蚂蚁了。

这天早上，我起床后，怀疑自己出现了幻觉：荷枪实弹的士兵占领了幻景度假村！一名军官（可能是首长）在游泳池周围一边走着，一边用步话机通话。爆发战争了吗？我揉揉眼睛，确实有士兵监视着海滩。海边没有一个人，连那条叫郎博的狗和驮着游客的骆驼队也不见了踪影。

两兄弟气急败坏,要求军官解释是怎么回事。军官局促不安,说他只不过听从上级命令行事。那士兵们来这里干什么?据说是一个海湾国家的王子要来这片海域游泳。

有消息称,王子腻烦了他在西班牙的宫殿,想体验在太阳伞下,面朝大西洋,悄悄地混在一群不认识他的游泳者中,吃摩洛哥沙丁烤鱼。士兵们撤离了奇迹度假村,到一座刚建成的宫殿周围站岗去了。还有些士兵开始清理沙滩上周末度假者扔的"西迪·阿里"矿泉水塑料瓶、橙子片、柠檬片、西瓜片、婴儿的尿布、卫生巾、仙人掌果皮、黑塑料袋、裂开的草底帆布鞋,所有从城市带到乡村来的废物……所幸王子决定来查看他的宫殿,一两天后,一部分沙滩就会变干净了。

王子到了,派遣士兵负责他的安全。海滩上依然空无一人,没有人敢在光天化日打扰一位王室成员。

初恋总是诀恋

初恋总是诀恋，诀恋总是梦幻。她之于我，只有声音，一丝痛苦的气息，温热，流动。一阵笑声，一声叹息，一句呢喃，就足以使我勾勒想象出她的胯，她的胸。一位盲人曾告诉我声音所承载的信息，于是我闭上眼睛，因循这声音去触摸她的身体，再一点点地揭开她生活中的一举一动。

我想象她皮肤的纹理，她手的温度，她的目光和沉默，我看到她躲闪的动作，臆想她慵懒的姿态。夜间，当失眠拖住白天的光，当白天强烈的光线所淹没的影子浮现出来，我听到了这个声音，她是那么的遥远，又仿若近在耳边。她穿着什么样的衣服？夜色刚刚降临，她便赤裸着来。我赋予她面容和目光，却经常失却她的行踪。我辗转入睡，此时，她掀开被褥，推搡我。她打落灯具，撕裂覆盖家具的织物。

一天夜里，她姗姗来迟，我又陷入孤寂之中。她对我说："若我们的梦幻——也就是我们的爱情——能超越一切，就让我们永久相爱但永不互相暴露吧……"

她说话的语气严肃而又带有嘲讽,使欲望轰然坍塌。我的不耐烦成了一副重担,一副必须摆脱的沉重负担。因着这次幻觉,我学会了喜欢秘密,学会了等待。

爱的热烈以等待的极度耐心或不耐烦来测量。在等待来临的事情或不会来临的事情之间,我懂得了最美好的事情就是等待的时刻。这段间隔就像一根线悬于一棵树和一根歪歪斜斜、很远很远的柱子之间。能隐约看到这根柱子,却不知道它的具体位置。线的另一头,地平线或奏鸣曲,被一片模糊的布笼罩着。观察它,却看不到它,收到它的信息,却浑然不觉。在等待中,目光充满想象,几乎没有幽默。目光很活跃,它倏尔停留在影子上,倏尔停留在住宅的空地上或将要被人居住的空地上。事实上,目光没有停留。它在搜寻一座漂浮在海上的玻璃屋。言语都无法表达出这种等待的心情。在漫长而幸福的考验中,我就像阿道夫一样,试着"使自己变得廉价,因为我对自己毫无兴趣"。

无论是初恋还是最后一次恋爱,我都怀着同样的情感:我的真诚和不耐烦使我可能损伤恋爱中的一切。我不能停止想象,不断地用手推开焦虑的墙,险些触碰到边线。在等待中,我失去了她的面容,失去了她容貌的幻象。我似乎无法辨认那引领我的声音了。我苦苦等待的女人的形象奇怪地离我越来越远。我记不起她身体的线条，眼睛的颜色，目光的含义。我没有忘却，却失去了构成她的形象的纹理。据说这是因为心的迷醉，或是黑夜扩大了幻象的空间。

我像被指定完成一个任务一样待在我的住所，想象现在的时刻，应该是什么样子，将会发生什么，我就像"太阳鸟骰子"一样自由。我对这个女人（或许是个二十岁的小姑娘）说："我在等你，等你就是爱你；虽然我还没有与你相见，我已经开始想你了；我活在等待中，即使这等待是残破天空的一角，是缀满星星的沉重的布。你就是那照亮我、鼓舞我的一丝光亮。在每个有月光的夜晚，拥你入怀使我的等待不那么漫长。"

感情是不应该用言语表达出来的。语言就像满是窟窿的篮子，交替着把沙子从南方运往北方。我恐怕这些篮子留不住生命的一丝吟唱，反而仅仅是怀旧的杂音，就像一个老人，游戏只是为了不死去，像堆积石块一样过日子是为了等待有尊严地默默死去。黑夜坍塌了，还是爱着的人出现了呢？一片白色的疆域在我眼前展开；它被一道人工的强光照亮。大海将它解放。一个女人，还是个孩子，向我走来。我没有动，她慢慢地靠近我。我的欲望与焦虑一齐消散。梦中的人，孤独时所选中的人来成全第一次的爱恋。她的到来已经是死亡的开端。这就是极端的绝望。它生于我之中，我使它成形。我不再悬于这些颤悠悠的形象了。我害怕。害怕被这游戏戏弄。我不得不承受无休止的孤独。这种想法使我不得安宁。我用右手驱赶不断前行的幻影。一切又熄灭了。光亮和我的目光。我感到寒冷,在这个六平方米的肮脏房间里,在拉巴特的阿格达勒区勃艮第广场一幢老楼的露台上。我起身去撒尿。我从我待着的窟窿里走出来,找到晾着邻居衣物的露台的一个角落。我忘了撒尿,查看起这里洗好的衣服:一条旧三角裤,一件法兰绒横格睡衣,一件软领上衣,一条半新的白色裤子。我把这条裤子扯下来,在里面撒上尿。

回到房间,我试图重新召回入夜时想象的幻影,却无法再找回来。我试着睡觉。很冷。这是因为害怕再也不能经受爱情。胸口一阵憋闷。我要摔倒了,找不到可抓住的东西。一片虚无。身体被掏空了。需要说出怀着不可理喻的激情等待的面孔。牙齿咬紧床单,双手放在赤裸的肚子上,我合上了眼睛。

眼前出现了一片浓密的树林,一只很老很老的鸟。一个棕色皮肤的小姑娘用纤细的胳膊驱赶着这只鸟。女孩出生在南方的伊明塔努,在一个被时间和干燥的气候在一株仙人掌里挖出的洞穴的出口。她大大的眼睛像在蜜罐里浸过一样。她把嘴唇放在我的胳膊上。既不沉重,也不纤巧,但很精准,她的嘴唇颤抖着。她的口水沾在我沉睡的躯体上。是我还是她来自童年?她来了,带着远方云的信息,用塔马塞特语对我说:"我的第一次恋爱应该像背叛一样谨慎。"之后,她沉默了一会儿,身体没有任何动作,又说了一句:"初恋单纯得如一只完美的乳房。"

写爱情故事的男人

他希望在他死后，人们会这样评价他："此处长眠着一个爱女人的男人。"可惜，他不是唯一一个打算以此评语写墓志铭的人，一位小说家已经用此题目写过一个故事，之后，一位电影制作人也使用过此标题。他对此也就无所谓了。他想要讲述的故事既不发生在法国，也不发生在美国，而是他脑子里凭空想象出来的。故事以他本国摩洛哥为背景。确切地说，这个故事发生在摩洛哥南部，但显然从没发生过。

叙述爱情故事的这个男人怀有一种令人痛苦的忧伤。他个头矮小，相貌粗鄙。尽管他安慰自己女人们更看重一个人的灵魂而不是相貌，他还是独自一人。洗脸的时候，他面对镜子，希望他的内在美最终能像一道光散发出来，使他具有不可抗拒的魅力。他腼腆得近乎病态，一旦面对他喜欢的女人，他就脸红结巴。他甚至买了一本美国心理学家写的书《怎样战胜您的害羞》。读过这本书之后，他觉得这是诈骗。作者建议害羞的人吃辛辣食品，喝中国烧酒……

他很痛苦，也很想摆脱惨境；为了这一目标，他才不至于那么不幸。他知道容貌背叛美德，遮蔽美德，知道他迟早会遭遇一场轰轰烈烈的浪漫爱情。为了这一时刻的到来，他把所有精力都用于为他人服务上，为那些来找他写他们的爱情故事的男人尤其是女人服务。他是代笔文书，"精通爱的技巧，对爱的激情、荒唐和妄想了如指掌"。他辞掉了令他烦恼的教师职业，在丹吉尔的索科奇科一家"中央"咖啡馆的一隅安顿下来，将这里作为他的办公室，作为他的文书留居自取点和观察站。女人们进咖啡馆时总是迟疑。咖啡馆店主建议他在一道隐蔽的门后面接待他的顾客。门前有一条幽暗的小道。店主还让他把一个在卡萨巴拉塔跳蚤市场买的中国屏风摆放在那里。店主对这个不得志的诗人及特别擅长写别人爱情故事的文人怀有友谊和同情。此外，他还是第一位顾客。店主的故事平淡无奇至极，令人感到为难。可诗意的语言，他的遣词造句及意象，使这个故事富有美感。事实上，他不仅写出这些故事，还修饰美化它们。这是他的诀窍。

*

阿卜杜勒-萨拉姆的故事是这样开头的：
曾经有一头瞪羚羊，皮白又柔，眼睛黑又大，毛发长又密，迷失在童年的阳台上。它爱上了咖啡馆里的王子阿卜杜勒-萨拉姆，却不敢表白自己的爱慕之情，它为此而苦恼不已。阿卜杜勒-萨拉姆是个一望即知他灵魂高尚的男子。他出于谨慎而非算计隐藏着对美丽女子肯扎的爱恋。他也到阳台上来晒太阳，他很想给他的美人送去一个信息，又不知如何去做……他娶了自己的表妹，一个粗壮肥胖的农妇。她为他生了三个孩子，从不关心他在家以外做的任何事情。肯扎嫁给了一个渔夫。为了更方便地跟阿卜杜勒-萨拉姆私会，肯扎成了农妇最亲密的朋友。他们在阳台的一间小屋里幽会。而此时，一个的丈夫出海捕鱼了，另一个的妻子在准备晚餐。这种状况持续了几个月，直到有一天，阿卜杜勒-萨拉姆撞见他的妻子在厨房里跟渔夫媾和。锅里正煮着汤，飘着非洲和亚洲辛香作料的味道。厨房的味道混杂着鱼腥味，场面并没有变得不可收拾。只是农妇昏了过去，不知是由于害怕还是由于性高潮和吃惊。阿卜杜勒-萨拉姆把肯扎叫来。两个男人交换了婚契。事实上，他们晚些时候才补办了手续。各人与他们的另一半离婚，之后立即再婚。然而故事并没有到此结束。渔夫一直都爱着他的第一个妻子。他多次试图与肯扎复婚。阿卜杜勒-萨拉姆非常嫉妒，他整天监视妻子，跟踪渔夫。有一天，他想到了一个好主意：从不离开渔夫半步，跟他一起出海捕鱼，同他一块去浴池，使他一刻都不得空闲。他荒废了他的咖啡馆生意，把他的情敌拖到了走私香烟的黑道上。现在，渔夫进了监狱。阿卜杜勒-萨拉姆不得不照管两个家庭。他担心渔夫从监狱出来后找他算账。因此他想要把他的故事写出来，再把故事交给南方的巫婆用乌贼墨汁重新再写一遍，这样就可以对事情的发展产生魔力……

　　故事用阿拉伯语写出来之后，交给了布拉西姆族长。布拉西姆族长住在伊明塔努公墓里。尽管阿卜杜勒-萨拉姆承诺给他一大笔钱，他仍然拒绝干预这件事。他认为这件事非常不道德。阿卜杜勒-萨拉姆坚持了再坚持。族长命令他从墓穴里出去，之后又把他叫回来，要求他带着两个女人一同前来。一个月后，族长先接见了肯扎，关上门跟她在小屋里待了足足一个小时。阿卜杜勒-萨拉姆认为族长肯定在对肯扎乱摸乱动。可就像在医院一样，他不敢推开门看看到底发生了什么。肯扎出来了，她有些窘迫，同时又像盛开了一样。阿卜杜勒-萨拉姆确信族长刚刚跟她做爱了。他什么也没说，把肥胖的农妇也推进了墓穴里。她也受到了族长阴茎的接待。她像往常一样昏了过去。族长把阿卜杜勒-萨拉姆叫进来，对他说："没有一个女人能抵挡住一个会做爱的男人的诱惑。你完全可以独自拥有两个女人，渔夫将会一直待在监狱里。他疯狂地爱上了一个年轻的男子，一个杀了人被判无期的犯人。渔夫尽其所能地想要留在他的爱人身边。现在，你们走吧，别再因为这种小事来烦我。"

三人重又回到了丹吉尔,从此,阿卜杜勒-萨拉姆兼顾两个家庭,同时照顾两张床。

*

另一个故事是关于一个哭泣的男人。阿卜杜勒-卡里姆出生于胡赛马群岛附近,以走私印度大麻为生。他娶了同村的女子赫蒂佳。在这个年轻女子踏进他家门的那一天,阿卜杜勒-卡里姆就在他母亲面前发誓说,赫蒂佳永远都不能单独走出这个房子半步,必须在他或他妈妈的陪同下才能出门。她必须一心只做家务,生孩子。阿卜杜勒-卡里姆安排人在房子里建造了一间摩尔式的浴室,并且每次他外出,都要把门插上插销。他的妈妈配有一把钥匙,亲自接送孩子们到古兰经学校。

一天,赫蒂佳发了很严重的高烧。起床的时候,她浑身发抖,呕吐不止,甚至昏迷了过去。她的婆婆给她吞服各种药粉,结果她的病情反而更加恶化。这样过了两天之后,阿卜杜勒-卡里姆决定去找一名医生。他跑遍所有的地方去找一名女医生,因为他绝不可能让一个男人看到妻子的身体。没有一个女医生,只有一个女护士,可护士不愿随他前来。他回到家里,嘴里嘟嘟囔囔,让他的妈妈再给赫蒂佳服一些其他的药粉和草药。这些药粉和草药是一名女助产士建议给他的。赫蒂佳服了这些药之后开始吐血。她的婆婆认为这是解脱的标志：这些黑色的血是可怜的赫蒂佳所遭受的周围的毒眼和邪恶。

病人的状况变得毫无希望。赫蒂佳的父亲被找来了。他勃然大怒，叫来了医生。年轻的男医生进了房间，要求对赫蒂佳的身体做检查。阿卜杜勒-卡里姆对他说："我知道她得了什么病，您只需询问我，给她开个药方就行了。"男医生很清楚这些人是怎么想的，就放弃了检查，直接要求给她打一针。丈夫问医生准备在他妻子身体的哪个部位打针。医生说："屁股上。""绝对不行！"赫蒂佳的爸爸把阿卜杜勒-卡里姆推到一边，拿了一把剪刀，在赫蒂佳左边屁股的位置剪下一块布，示意医生来打针。医生还没有准备好注射器，赫蒂佳就咽下了最后一口气。

从此以后，阿卜杜勒-卡里姆整天哭泣，后悔他的无知和愚蠢。他放任自流，放弃了耕种和贩卖大麻。他不再定期去清真寺，而是整日整夜地哭泣。他想通过把他的故事写出来，流传出去，可以避免其他人发生这样的悲剧。他还希望能上电视讲述他的故事，展示他妻子和孩子的照片。他不求得到谅解，只求至少不再为过去而流泪。

故事写出来了。一个生活在精神病院和土耳其浴室的超现实主义者还给故事画了插图。阿卜杜勒-卡里姆一度向路人卖这个故事的小册子。他在讲故事的人聚集的公共场合叫卖:"这就是我的故事,这就是我的生活。读读哭泣的男人的故事吧,您就能避免做蠢事。我的故事只卖十迪拉姆,我的故事只为挣一点面包和橄榄油……"

*

一个女人走进咖啡馆,毫不犹豫地朝代笔文书的桌子走来。她穿着一件蓝色长袍,没戴面纱。她涂着眼影,肥厚的嘴唇上抹有口红。她一坐下来,就说:

"先生,我来自肯扎地区,听说您是一个善良明理的人。如果您能帮助我扭转局面,我将很高兴…"

他听她讲述这些,却不知道他要扭转什么。他摆摆头表示不明白她想做什么。她从包里拿出一只男式拖鞋,把拖鞋翻过来放在桌子上。她的食指伸向鞋底。他明白了她的意思,但有些想捉弄她取乐,让她自己解释出来。她小心翼翼地拿起拖鞋,爱抚着,好像这是人体的一部分。

他没有说出其中的象征意义,而是告诉她,他没有权力去干涉一对相爱的夫妻之间的亲密行为。他指出一位有名的教法专家知道如何劝说丈夫停止从后面与妻子做爱。她对他说:"这一切我都知道。已经试过了，没有一点用处。西迪-拉参村的教法专家没有把拖鞋摆正。所以我打算把我的故事写出来，威胁他说要把事情公之于众，他也许会停止这样做。我妈妈经常问我为什么还没有怀上孩子，可我又不能告诉她我的丈夫只喜欢从后面做爱！每天晚上我洗过澡，洒上香水，除去汗毛，躺在床上，等着迎接他。他做的第一件事就是把我翻过来，从后面进入我的身体。我经常大叫，他觉得这就是我的快乐。每次我试着跟他谈论此事，他就起身走开，说这是荡妇间的讨论。我还是处女。我不想到死还不知道另一种快乐。"

他很想建议她去寻求一场婚外情，仅仅是为了体验一下另一种快乐的需要。可他不敢这么做。但是，从她向他吐露心事的方式来看，他感到她在引诱他。他脸红了，把拖鞋翻过来摆正，抚摸着，就像她一开始做的那样。他对她说这种事非他能力所及，他很抱歉不能帮她。她站起来走的时候，俯在他耳边说："爱情就是一条蛇，悄悄钻进两腿之间。"听到这话，他笑了。他想起了少年时期，他在街边墙上画的女人，胸很大，两腿之间有一条蛇。有时，他还会画一个阴茎勃起的男人，朝着一个阴道样子的女人走去。他喜欢这些猥亵的画面。他把自己关在厕所里，一边想着这些画面，一边抚摸自己。

他注意到这个女人跟他用粉笔在墙上画过的一个女人很相似。

他揽起她的腰,手滑向她长袍的口袋里,发现她没有穿底裤。他的手里是女人丰满的阴部。她对他说:"现在,你知道我的笨蛋丈夫错过什么了吧!"在此处做爱是不可能的。他约她到牛市"情人街"他的小公寓里,并叮嘱她谨慎一点。她一大清早就来找他,在把姐姐的孩子送去学校之后。这是个很好的借口。她溜上他的床,很快摆好姿势迎接作家。她躺着,两腿叉开,双手迫不及待地把还在睡着的男人拉到身边。他问她:

"您是处女?"

"不是,"她答道,"我的手指做我丈夫的工作很长时间了!"

作家不能勃起。他很激动,同时又对女人的大胆感到不安。她开始抚摸,然后又吮吸它。他觉得只有荡妇才做这种事。一旦他勃起,她就猛力把他的阴茎插入自己的身体。她用力猛得吓坏了可怜的男人。这个女人是做爱高手,且对此毫不遮掩。在走之前,她对他说:"不必再去找教法专家或法官了。您帮我解决了问题。现在,拖鞋尽管翻过来放,因为您在对的地方做爱了!"

这件事使作家心神不宁。那个女人找各种借口到他这里来。她在冒险。他担心说不定哪天她的丈夫拿把刀到家里来割掉他的生殖器。他担惊受怕。怎样才能结束他们之间的关系?怎么才能重新过他平静的生活?怎样才能不让这个女人再出现在他的生活中?至少他喜欢她吗?并不真的喜欢。他屈从于自己的欲望和幻想。他从中得到了一点安慰,却发现她有些咄咄逼人,而且太欲壑难填。她每次都能找到做爱的新方式,使他疲惫不堪。那么,从这件麻烦中脱身的唯一办法就是把它写出来,详细地讲出来,甚或公之于众。他坚信写作是最微妙、最典雅的消除忧愁的方式。为销毁而写作,为忘却而写作。为了疏远一些东西而给他们命名。这就是秘诀。他把自己关在他的朋友阿卜杜勒-萨拉姆家的房间里,着手编撰一个弄翻拖鞋的女人的故事。他本想把故事称作"不喜欢肛交的女人",不过觉得这样太直接了。

一旦完成了编写这些白天的故事(那个女人只在早上来),他感到解脱、轻松,甚至可以远观这几个月来发生的事情了。当那个女人一天早上又来找他的时候,他让她随意自在地脱了衣服,可他并没有从前面跟她做爱,而是把她翻过来,做出要肛交的样子。她一下把他推开,站起来,愣在那里。她惊恐地看到作家的面孔上浮现出她丈夫的脸。她惊叫一声,逃跑了。

从此,作家又恢复了平静的生活,继续听别人来讲他们的故事,为他们记录,为他们写信,用语言和意象为他们创造一个又一个神奇的世界。生活平静却不幸福。他总是分不清爱的情感和性的欲望。爱在他的眼里只是肉体的壮举,可以满足性与欢愉的饥渴。他自问传统的教育是否也混淆了性与爱。他记得穆斯林年轻男子偷偷阅读的一部性学专著,智者纳夫扎维的《芬芳花园》。书中以尊重和恪守伊斯兰戒律的名义,教授"私通的课程"。这本神学大师编写的书是专为男孩子而作的。在这种教育的滋养下,他每次面对女人的时候都参照这本书。智者的影子横在女人和他之间。

当他陷入这些沉思之中时,那个弄翻拖鞋的女人出现了。他起身请求她放过他。她对他说,她不是为性而来,而是为爱而来,至少是她对他的爱驱使她来找他。他请她坐下,开始东拉西扯,不知所云。她打断他,依然冷冰冰地说:"你知不知道一个女人只跟她爱的男人做爱?你是不是以为女人只是为了满足欲望才把自己交付给男人?没有感情的欲望不是欲望,没有爱意和情感的肉欲毫无意义。我知道你们男人,你们是欲望的奴隶,不论何时何地都能翻倒一个女人,可我谈的是爱情……如果你想做个了结,就必须重写我们的故事。你讲的故事不是事实。事实是,我爱上了你,自己都不明白为什么;你不英俊,也不有趣。我就这么稀里糊涂地爱上了你。"

他们沉默了一会儿,她接着问道:"告诉我,为什么我们国家的男人和女人之间永远都不能和谐相处呢?为什么男人不愿对他们的妻子表现温柔一点,尤其在公共场合?为什么我们总是暴力相待?智者纳夫扎维在他的书里说到平衡与和谐了吗?"

他不能回答所有这些问题。他喜欢爱情故事,尽管他不一定要经历爱情。即使他混淆了性与爱,那也不是他的错。他决心再去读一遍《一千零一夜》《卡里来和笛木乃》《罗密欧与朱丽叶》《盖斯和莱拉》。他想要知道别人是怎样写爱情故事的。他不想展示爱情中的肉体关系，只书写相爱的人的感受，他们的情感。那个女人的话有道理，不应该太过暴露爱情中的亲密表现。可怎么从他跟她的故事中解脱出来呢？在把他们的故事写出来之前，他毫无头绪。

他离开丹吉尔，去了很远很远的地方，到马拉喀什停了下来。他对一个写故事的人讲述了他的难题。他把这故事讲给听众。他们听了都大吃一惊。他可能编造了一些情节，使故事增添了些许神秘感。他把男人塑造成被女人的美貌和诡计迷得神魂颠倒的"爱情疯子"。越多地讲述爱情，就越深地迷失了事情本来的样子。他明白了，从他的故事中脱身的唯一方法就是对原有的故事进行加工改造，就是虚构所有的事情。他不再关心故事的真实性。他心想："真实就像这个广场一样是圆形的。它盘旋在所有力求获得它的男人、女人的梦和灵魂里。"再简单不过了。一切尽在神秘之中。语言的奥妙在这个广场旋转，环绕在那些冒险讲述爱的故事、讲述爱的痴狂与伤害的人身上。该由听众从这些语言中抽离出真实。

当几个月之后，他回到丹吉尔，又坐在阿卜杜勒-萨拉姆咖啡馆的角落里，他感到自己变了，他该换一种职业了。讲述别人的故事并不难。他有第一手的材料，知道怎样把它们形成文字，把自己当作建筑师或装饰家就可以了。但是，虚构人物和情景来创作故事很复杂，需要有想象力，需要大量的工作。他本打算从他自己的生活中汲取一些材料来创作故事，但他的生活中没有值得一提的事供他借用。余下的就只有他的幻想了。他把自己的幻想给遗漏了。这下他可中了自己的圈套：他的幻想数不胜数，变化多样，力量强大，使得他不得不俯身来挑取爱情故事。他在半睡半醒时想象女人，就能对她们产生热烈的爱情，如同他病态的羞赧以及他对冒险和艳遇的恐惧一样强烈。他只需看到大街上走过一位妙龄少女，就能为她起一个名字，给她一种声音，赋予她一种性情。晚间上床睡觉的时候，他从脑海中召唤出她的形象，开始与她讨论，讨论总是以弄脏床单和一声压低的叫喊而结束。他挥一挥手，把女子的形象从眼前赶走，再努力专注于别的事物上。一般说来，没有其他的幻象出现，于是他就骂骂咧咧地睡了。他咒骂不公平的境遇，决心再不因幻象的浮现而激动不已。他坚信只要不去触摸幻象，不自我抚摸，幻象就会整夜陪伴他。

从此以后，他的夜晚安静惬意。他经常有妙不可言的相遇。早晨醒来的时候，他总会有点伤感，感到自己被抛弃了，感到孤单和愁苦。喝过咖啡，他坐在书桌前整理"创作爱情故事的男人"最后一些艳遇。他有一种恍如隔世的感觉。他只能从回忆中虚构，尽管文字还是一如既往地夸大一切，甚至说谎。

地中海之心

如果只需一个简洁精准的动作,他就能消失该多好啊!一个魔幻的手势,伴随那朝远方绚丽柔和的地平线慢慢下沉的夕阳。如果他能用笔,或者一句在一个垂死老妪耳边低语的话,就能把暮色染成的地平线抹去该多好啊!如果他能毫发无损地脱身,赤脚走在童年的小树林里该多好啊!

地平线就像矗立在废墟上的一堵墙,把他与未来隔开。地平线挪移,他的面前展开一片沙地,一丝不挂的女人慵懒地躺在那里。她们有着不同的肤色,栗色、黄色、白色,年轻的、满是皱纹的、脂肪堆积的、丑陋的、老的,都渴求性爱。他闭上眼睛,所有这些女人站起身,或沉重,或轻巧,向他伸出胳膊。她们是要挖出他的内脏,还是要吞吃他?他知道他的灵魂已经不属于他了,可他坚信任何时候他都能重新找到灵魂。他是一具黑夜里站起的僵硬的躯体,注定是使陌生人不眠的行尸走肉,被阳光与咸海水锤炼的身躯,被燥热与发烧侵袭的一堆粉红的肉。此刻,发烧和燥热缓慢又沉重地向他一波波袭来,就像一个蹩脚的交响乐指挥在指挥着她们一样。这次眩晕搅得他五脏六腑直翻腾。他站起来,喝了一杯水,吞下一片阿司匹林,盘腿坐在地上。他隐约听到一些喧闹声,女人们在宾馆大厅闲聊的声音。一股股混杂的香水味涌进他的房间。他不知道怎样才能抑制他的恶心和发烧。

他上班迟到了。他一边穿游泳衣,一边习惯性地瞥了一眼大海。一个游泳高手在任何天气中都得工作。大海很平静。太阳已经有些热了,这对"俱乐部绅士"来说将是难忘的一天。他可以给今天打九分,并且在荣誉簿上写下"永久的太阳"。

好像太阳真的会永久一样!大海有一个故乡,这就是突尼斯。心中的地中海,地中海之心!他久久地凝视着这些海报,直到澄蓝的大海变得暗绿,变得波涛汹涌。海上宁静而平稳的小渔船,变成獠牙的大鲨鱼,吞噬那些充斥着他的夜晚的肥胖身体。他戴上"绅士组织者"鸭舌帽,挤出一丝微笑,撕下一张海报,然后打开房间的门。停顿了片刻,他拿出一支扔在角落里的黑毡笔,在地中海的蓝色字体上画了一个巨大的阳具,而在"心"这个字上面,他打了个叉,在上面写了一个与事实更相符的字。他重新读了一下这句话,大笑起来:色情的地中海,地中海的色情!他对这个修辞很满意。小小的报复。他感到一丝安慰和轻松。有时阿司匹林的功效真是毋庸置疑。他思维清晰,行为大胆。当然,这不是什么大不了的事情，不过他觉得自己下次会做得更出格。毕竟，他刚意识到他把自己十年的生命，年轻、坚实的生命，贡献给了俱乐部，还额外给来自寒冷地区的身体带来偷偷摸摸的幸福。这十年，值得来些大胆的行为。

父亲曾对他说："你，最起码，你不会当个渔民。你要成为一个人物：你将有份工作。国家公务员，受人尊敬的人物，比如说，教授。当打鱼的？想都别想！受穷，再也不可能！"他经常跟着父亲和其他渔民一起出海。他还太小，不懂得捕鱼的过程，但他知道那不是他梦想的生活。

夏天，他向游客提供服务。他当导游，当翻译，当搬运工，做任何能做的事。只要他能挣几个钱。这个褐色皮肤、有着清澈大眼睛的男孩等着旅游团到来。他扮成咄咄逼人又楚楚可怜的小阿拉伯人。他向女人推销他姐姐扎好的茉莉花束。他卖给男人小古玩和明信片。一天，一个德国人把他拉到卖地毯的集市最里面，把手放在他的裤裆里。他恼了，照着德国人的小腿踢了一脚，就跑了。德国人痛得弯下了腰。那一天真是糟糕透顶，警察以偷盗的罪名逮捕了他。在一个贫穷的国家，偷窃旅游者是最严重的罪行！他怎么向警察解释穷孩子不一定非得就是小偷？

十八岁那年，他成为俱乐部最活跃的成员，一个"绅士组织者"。他是绝佳的新成员：身材修长，体态轻巧，相貌英俊，而且完全是随叫随到。俱乐部发给他一顶游泳高手的帽子，也告知他"游泳"也可以指其他的事情，然而他不是很明白这种暗示。晚上，有人让他把一瓶矿泉水送给一位上了年纪的夫人，她耐不住太阳晒。她半裸着躺在床上接待了他，把他拉到身边，嘶哑地喘气，断断续续地说着德语。尽管他已经开始跟游客上床，但还从来没有这样做过爱。通常是他主动的，而这次却不是。他很恼火。从那个夫人房间出来之后，他草草地在小本子上写了一句话，就去洗浴了：周二：她说德语，她的胸下垂，她的腿很沉。两分！

第二天，"绅士组织者"的总管对他说："那个棕色头发的女孩，在那儿，不会游泳。她叫玛丽……"她不是单独来的，可她的男朋友对她并不真的感兴趣。他们在水中亲吻，一起午休。周三：玛丽很漂亮。胸小。叫得很厉害。五分……周五：她强迫我站着做。一张没有嘴唇的嘴。两分！……

有十来个"绅士组织者"在保持着俱乐部的名声，其中一些人自以为在执行任务，总是微笑着做所有的事情。工作嘛，都一样啦！冬天，他们聚在一起，互相展示从各地收到的情书，法国、比利时、德国、瑞士……情书里的怀念使他们头痛。

今年，冬天慢腾腾地来到了这个国家。海滩覆上了一层浅浅的白色。贫苦的渔民无精打采地穿过海滩。在种种形象和传说之外，这个国家恢复了它愁容。一个被地中海偏爱的国家，一个自由自在的幸福国度，这样的陈词滥调噤声了。

他也在等待着俱乐部开业。他在沙子上大步地走来走去，希望找到某个人或者某样东西。他想到了她，一个棕色皮肤的瘦女孩。眼睛是孩童般的黑色。矜持，寡言。她有着故乡的温存和芬芳。他想象着，幻想着。一个来自家乡的女孩。可能有些羞怯和无邪。像一首阿拉伯诗歌，一曲传统歌谣。他每天都加一点想象，在黄昏时分向她伸出手，陪同她回家。他断定她的家在旧城区，房屋简朴。她的法语说得不好。她为他诵读艾哈迈德·苏基或沙比的诗。她暗恋着他。

她的形象驻留在他的心里，没有多少变化：有时，她突然消失。他就像疯了一样，又吸烟又喝酒，希望她的幻象再出现。他一直跑到西迪·布萨伊德的迷宫里去找她，然后走路回到城里。她从来不在他等待时回来。她经常在夜里不期而至，静静地骑在马上，或者骑着自行车，来到他的梦中。他愉快地醒来，又微笑着重新入梦。

一个个夏天过去了，一个个女人来到俱乐部。年轻的，年老的，瘦的，胖的。而他，一直很活跃，一直刚劲有力。他保持着记日记的习惯，给所有这些女人打分来消遣。对于 X 女士，他给了满分，写了这样的评语：十全十美。令人愉快。很有人性。她跟我聊天，我听她讲。我们没有做爱。对于热尔特吕德，他没有打分，只有这句评语：她大概不喜欢男人。 她趴在我身上，把我当作一个小女人。 他给埃莱娜的评分是八分：她应该是阿拉伯人。她跟我梦中的女孩如此相像，可是她太喜欢性爱了。还有一页日记上，只写着这样一句话：帕特丽夏是个男的！

他积累了数不清的名字和短暂的艳遇。每一次他开始计算的时候，他都感到强烈的偏头痛，使他眩晕。目前，他记了十个记事簿了。每个夏天一本。这样他计算起来就简单多了。他已经跟三百四十二个外国女人睡过了。他丝毫没有感到骄傲，而是喉咙里感到一阵恶心。三百四十二个外国女人，没有一个本国女人。他感到不再迷恋他的梦境了，他渴望见到的那个阿拉伯女孩不再出现在他的想象中。他已经麻木了。九月下第一场雨的时候，俱乐部停止了营业。他收拾行李准备出游。"绅士组织者"的总管对他说："多好的季节！不是吗？今年还不错，有很多年轻女子。明年见。今年冬天要当心，尤其当心婊子。"

他坐在巴黎一家咖啡馆里喝柠檬水，悠闲而轻松。他漠不关心地看着顾客们。大学生在争论。一个十来岁的小男孩向他推销明信片。他没有挑选，随意买了一张，在背面写了几句话：回来吧，我等你。我是自由的。快回来吧。孤独使我难过。他签上名字，收信人写上了：扎赫拉，我梦中的突尼斯女孩。他贴上邮票，把明信片投进信箱，去旧城区闲逛了。那是他的瓶中信。他正慢慢地走着，突然就看见了她。就是她。他一眼就认出她来，就像中了魔法一样。消瘦，棕色皮肤。他惊呆了。他含糊不清地跟她搭话："扎赫拉……你在哪儿？扎赫拉……我的爱人……不，原谅我……扎赫拉，我到处找你，在夜里，在梦中，在我童年的小路上，我们童年的小路上……"她停下来，对他说："我不是扎赫拉。我叫凯蒂娅。"他们一同走了一会儿。之后他设法又跟她见面。凯蒂娅在突尼斯手工业中心工作。

他怯怯地，浑身颤抖，她的声音使他激动。他不再梦见她，而是给她写情书，写诗，写故事。他恋爱了，生平第一次他恋爱了。二十七岁这年，他像一个毫无经验的少年一样谈恋爱。一天晚上，她到他家里来看他。他们兴奋得失去了理智，久久地亲吻，之后开始脱衣服。他非常温柔地抚摸她。突然，他恐慌起来。一阵突如其来的情感使他窒息。他浑身冰冷，感觉血里似乎被烧伤了一样。他所有的肢体动作都慢了下来。他感到羞耻。他面朝墙，像孩子一样哭了起来。凯蒂娅努力安抚他。他久久地吻着她的手，裹进被单把脸蒙了起来，陷入深深的沉默中。

阿依达-佩特拉

"给我讲一个故事，否则我就离开你。"她对他说，语气就像要结束一个经年未决的矛盾。他没把她的话当回事。他心想：她从不敢挑战他的底线……她都没把话说完。可他错了，他错了是因为这一次，她完全说到做到。为了安慰自己，他开始自嘲："幸亏我们不是在《一千零一夜》里，否则她会像那个残暴的国王一样说：'给我讲一个故事，否则我就杀了你！'她出走是去换换空气，会会朋友，或者探望她的妈妈。她还会回来的。我了解她。两天之后的清晨，她会悄无声息地打开门，脱下衣服，溜进被窝，紧紧搂着我，请求我原谅她的出走……"

这一次他等了很久，她没有回来。他于是开始写故事，希望有一天读这个故事给她听。他离开家，到一家旅馆的房间里待了一段时间，之后他到了一个国家，一个基本上不会勾起他任何回忆的国家。他想，距离会使问题呈现出它真实的面目。他相信到了约旦的沙漠里，在佩特拉停留一段时间，他的悲伤就会消融进沙子里。

一到佩特拉，他就不带向导，开始一个人走。他呼吸着沙尘，任由想象自由驰骋。他想象自己是一座瞎盲的雕像，伸着胳膊前行，孩子们将一杯杯水泼向雕像。他看到自己变成了一块石头，混在一堆石块当中，不能移动却随着光线变换颜色。一个路人建议他戴顶帽子，喝瓶水。他不热，可他吞下的沙尘需要用水冲下去。此时是近晚，日本游客骑着马在一群皮肤被太阳晒黑的孩子的带领下往回走。他没怎么去看他们，继续向前走，盯着地上的板岩。他听到一个导游先用英语接着用法语解释这些板岩的用途："纳巴泰人和罗马人的古道就在那儿……我们就在两千五百年前的路下面两米！"他在心里重复这个数字，两千五百年，之后他想到了恋爱中的纳巴泰人。如果爱是折磨，那么纳巴泰人，无论他是王子还是乞丐，国王还是流浪汉，肯定对爱的痛苦体验至深，这些凝结了泪水的石头承载了他的愁苦和忧伤。想到这儿，他停了下来，揩揩额头和脖子里的汗，走近那条古道，用手摩挲那些石头。他看到年轻的女人和孩子从一个墓穴走进另一个墓穴。他闭上眼睛，影像消失了。这又是一个幻觉，他想。他不去在意这些，继续往前走。一个很老的妇人，全身穿着黑衣服，坐在一面鼓上，慢慢赶着苍蝇。她眼睛发着亮光，不停地向行人喊话："来吧，来看看，我卖沙子，卖时间，额外附送几克耐心，在您的影子上写下关于您命运的话。我还买风，买沙尘，买健康……来吧，我来自另一个世纪，另一片土地。我不要钱,只要一撮盐和几株番红花⋯⋯"

他抬起头,瞥见一角湛蓝的天空,映衬在岩崖之巅。他一阵眩晕,那不是天空飘移,而是几块峭壁尖在移动,就像在皮影戏里一样。他想坐下来歇一会儿,可是那些马扬起了太多的沙尘,还一边拉下一坨坨冒热气的屎。他喜欢用手去摩挲石头,那种皮肤有点磨破的感觉能帮他摆脱痛苦的思绪。到了锡克峡谷的尽头,迎面而来的清风使他回过神来。他的整个身体在微风的轻拂下微微颤抖。他越是往前走,就越少去想阿依达。然而,当他来到"宝库"对面的时候,他一下子陷入了恐惧:阿依达的脸,她大大的黑眼睛,小巧的鼻子,丰腴的嘴唇,她嘲讽的微笑,浓密的头发,出现在他和墓碑之间。这些风沙镌刻的塑像被时光削去了脑袋。他眯起眼,看到每个雕像上都是阿依达的头。时间、风和沙真是鬼斧神工;它们抹去了雕像的面容,施予这些雕像以不朽的轮廓,以及残酷又深沉的静默。不再看到阿依达面孔的唯一办法就是进入纪念塔里面。他摸索着,像盲人用拐杖寻找着物体。那些国王的尸首都被迁移走了,陵墓里空无一物,冒着寒气。他来到一个最幽暗的角落,双手掩面,默默流泪。游客从他身边经过,却没看见他。他已与红岩混为一体。他融入了岩石,不在此处。他的泪水是沿壁流淌的湿气。他没想到自己有一天会在纳巴泰国王亚雷塔三世的陵墓里动情地哭泣。这位纳巴泰国王迟到地见证了一段破碎的爱情和受伤的激情。

他想到了这些游牧的阿拉伯人多么有勇气,在石头上刻下永恒的印记。这种永恒给时间插上翅膀,使他们的记忆有一片不变的天空,成为一个谜和一份无法理解的珍宝。他从背包里拿出一瓶矿泉水喝。水顺着他的下巴流了下来,流过他的脖子,他的胸口。他听到阿依达低哑的声音在哼一首摩洛哥南部的单调曲子。曲子里,思乡的情怀被突然的暴力打断。他微笑,站起身,又去摩挲石头,回到锡克峡谷的最后一截。他向前走,眼睛睁得大大的。"宝库"骤然出现,壮丽恢弘,令人不安,永远沉寂无声。他像所有人一样往后退,断断续续地说一些不着边际的词,一些震惊的语言,发出一些音节,就像是小石子落进沟壑里,就像片片幻影撞上岩石上斑驳的色彩,梦的尽头跌入一潭死水,强咽下的泪水,不经思索的祈祷,被眼前之所见强行拆散的一首诗,一丝屏住的呼吸,一连串褪色的回忆,一座在沙子上行走的大理石雕像,一只迷途的白鸽扑打着纳巴泰圣像,一匹长着翅膀的马被夹在两块方尖碑之间,一个贝都因侏儒领着一队戴着嘴套的单峰驼,一个孩子向路人分发装彩沙的小瓶子,一只蝴蝶停在一条蜥蜴背上,一个被踩踏的蜂巢,一缕南方吹来的风,嘴里的些许沙子,一种对孤独的巨大的需要。

他挥动了好几次手把这些幻象赶走。他非常想念阿依达,有种想要叫喊出来的冲动。他心想,到了高地的顶峰,他就叫喊一声。

到了那儿,坐在祭祀台上,高悬在王室陵墓之上,紧挨着天空,他要深深地呼喊一声,释放出他所有的痛苦,摆脱他所有的困扰,或许还能治愈他所有的创伤。

他开始攀爬岩石,什么也不想,一直到他大汗淋漓。他放眼远望,隐约看到女儿宫,公主的城堡。他坚信那是缪斯守护者的居所。从远处看,一切都显得渺小。在路途中,他遇到一位贝都因妇女向他推销一瓶百事可乐。他喝了可乐,饮料不新鲜了。他不怎么喜欢体育运动,此刻却发现自己是登山运动员的料。他决心回家后开始体育锻炼,随便哪项体育运动都可以,就为了保持身材,能够继续享乐,继续引诱女孩子。想到这儿,他感到仿佛烧伤了一样,痛苦的记忆把他淹没。他停下来,大口大口地喘气,朝地上吐了一口唾沫。他注意到唾液里有血丝。他经常牙龈出血。他又啐了一口,这次唾液是白色的。他心想他该戒烟了,如果阿依达要求他戒烟,他就戒。可阿依达在另一个地方,可能去了另一种时空。到达了顶峰,他在一块中央平地正中间仰面躺了下来,这片平地被一圈墙垛围着。太阳炙烤得厉害;他受不了了,就下了平台到一个盆地里,躺在阴凉处。令人恐慌的寂静笼罩在这样的高处。他听到自己心脏跳动的声音。动物肯定在这个盆地厮杀搏斗过,把盆地当坟墓也太大了。他想到了死亡,自然而然地,没有恐惧,也不刻意夸张。他回忆起父亲的葬礼,是在九月的一个星期五。他在前一天去挑选墓地。他坚持墓地要有一棵树，有树荫。他更多地想到的是自己而不是他父亲。他在心里说：对于来墓地探望的人来说，有阴凉更好一些……至于死亡，他无能为力！他甚至对家人这样说了，家人觉得他的话很不合礼仪。他的这种鲁莽跟阿依达的脾气有些像。她总是冷不丁地说一些话。这种莽撞经常令他不知所措……阿依达既不懂得缓和，也不懂得宽恕。她想要的是真实，而他不能够也不知道怎样告诉她所有的实情。她离开了他。在盆地的高处，一个日本女子在让人给她拍照。后退的时候，她摔倒在他身上。她连声道歉。他笑了。这是这一天中他第一次笑。真奇怪！他站起来的时候碰到了她的胸。它们小而坚挺。这使他想起了第一次吻阿依达的胸。当时她情绪激动，浑身颤抖。他跪着，用舌头吻她的腹部。他也在颤抖。她是第一次委身于一个男人，而他记不起自己第一次做爱是什么时候了。他坐在一道墙垛上，欣赏起一个狮形古迹，岩石上一只没有头的狮子，更像是风蚀出来的而不是人凿出来的。他开始追忆往昔，希望想起他张开双臂迎接的第一个女人的面孔。白费力气。他模糊记得一个胸很大的女佣有一天把他紧紧抱在怀里，差点把他闷死。那是在旧城区的一间老房子里，在菲斯。房子年代久远得跟这块石头一样古老，跟这头把流经肚子的水像喷泉似的从嘴里喷出来的狮子一样令人难以想象。

　　奇怪的是，他离巴黎越远，就越真切地感受到他是在逃避。到处都是阿依达。她占据着所有空间,所有形象,充斥着这次逃离的每一分钟。他明白这不是疏远的问题。尽管人们说"换换空气",但是以他的情况,"换换空气"等于什么也没有说,对他的处境更是没有丝毫用处。正相反,他越是着迷于惊叹佩特拉的力与美,他对阿依达的爱越是显得崇高。因此他决定慢慢从顶峰下来,把自己的忧伤吐露给风蚀的岩石。他期望能拥有石头在一天中不同时刻所呈现的所有色彩。他看到自己的爱情从亮红到橘红,从黄到绿,从紫红到铁锈红,从米色到白色,一种奇异的白,不洁净的白,不稳定的白,在日落的光辉里,灰色变成了蓝色。啊,如果爱情能从一种状态过渡到另一种该多好!沙漠将会是它的归宿,水将成为它的必需品!

可激情仍然没有完成,未曾圆满,就像一间墓室遗弃在风中。

他想起自己忘了在顶峰大喊一声。看到剧院,他停了下来。有一队意大利游客围着剧院,领队的是一个很活跃的小个女子,挥动着一块木牌,上面写着"大象旅行"①。他听到女子对这群因爬山累得气喘吁吁的人解说剧院在佩特拉城的重要性:"在基督纪元初,纳巴泰人在岩石上开凿了大剧场;公元一〇八年,我们的祖先罗马人重建了它。不幸的是,尽管罗马城墙坚固,但是公元三八三

---

① 原文为意大利语。

年的地震使剧场变得一无用处……"他断然决定放弃叫喊一声，继续想着那些为了欣赏纳巴泰人和罗马人的壮举而受罪的意大利人。

他又一次来到"宝库"的对面，感觉自己真渺小。他的耳朵里嗡嗡作响。他一下子失去平衡，摔倒了。一个贝都因人赶忙来扶他起来。他站起来，头晕目眩。扶他的贝都因老人至少七十岁了，消瘦的古铜色脸上黑漆漆的眼睛闪着深邃的光，笑起来的时候，一口金牙使他显得很古怪的年轻。尽管枯瘦，老人却很有力气，他拉着他的胳膊，把他带到了帐篷里。他的帐篷离"宝库"有几百米路的距离。老人照顾他躺下，递给他一瓶柠檬汽水，对他说："可口可乐下个月才能到！"他喝了汽水，感觉好了些。贝都因老人的妻子问了他很多问题："你从哪儿来？结婚了吗？有几个孩子？你有小汽车吗？你喝酒吗？你做什么工作？你喜欢佩特拉吗？你是第一次来这儿吗？你有多大年龄？你为什么没有镶金牙？你喜欢住在山洞里吗？你有几个老婆？你是要去麦加吗？你喜欢太阳落下的时候岩石的颜色吗？你愿意留下来跟我们一起生活吗？你想要一匹骆驼还是一匹马？我去给你泡茶，你喝了睡下，就能做一个非同寻常的梦！"

她不给他机会回答任何一个问题。他迟钝又感激地看着她。仿佛是中了魔法一样，他几乎是立即进入了梦乡，感到一阵清新的微风吹拂着他。他健健康康，重新成了孩子，头枕着妈妈的膝盖。妈妈在找他头上的虱子。在一个弦月的夜里，他独自一人在大剧院的高处,慢慢地顺着阶梯往下走。舞台上,美丽的阿依达光彩照人,身着蓝色的薄纱裙跳舞;他到了舞台上,阿依达裙裾的一角轻掠了他一下,就消失在罗马人的陵墓里了。他伸出手去搂她,去挽留她。他感觉风吹空了他的脑袋,把所有那些给予他生命和使他能反应的东西都清除了。他低垂着脑袋,又往上爬楼梯。他坐在最后一节阶梯末端,回忆起弟弟。他的弟弟很小的时候就夭折了,升到天堂去做了天使。天使出现了,从一架军用直升飞机上走下来,把他带到了剧院的另一面,在库布塔山上,天使把他像行李一样放下了。从那里,他可以从非常完美的角度看大剧场。他迷路了,可他丝毫没感到恐惧。他背靠着一块岩石,欣赏起微微泛白的天空。他保持这样的姿势一直到黎明,一直到向导卡玛尔来叫他。卡玛尔给他了一瓶水。

从库布塔山上高处,他知道自己陷进了岩石及其神秘之中。这些岩石,要么被人们的奇思妙想凿出来的,要么是时间留下的梦,它们矗立在那儿,近在咫尺又不可触摸,伸手可及又遥不可见。他有种末日来临的感觉。卡玛尔又不见了。他找不到下山的路。一只灰色的鸟从他头顶飞过,叫了一声。他一阵发冷。大滴大滴的汗珠渗出他的额头。他发抖,整个身子都抖了起来。那么,他的大限到了。他觉得死亡来得太早,觉得不公平。可他又没有办法。天亮了。空气变得不能呼吸。云堆积了起来。第一声雷震得他坐的岩板晃动了一下，又一声雷使得岩板微微滑动。他就像是海上遇难的人紧紧抓住小木筏一样，牢牢地攀在岩板上。岩板越滑越快，就好像是安上了滑轮。灰色的鸟变成了黑色，它又回来嘲弄他，在他身上拉了一坨绿色的鸟屎。岩板一路碰撞着小石块滑落，一些石块松动，滚下山坡。他看到一些游客在跑。他竭尽全力攀住岩板，轻轻落在岩石前端的地方。周围一个人影都没有。他思忖纳巴泰人的起源在哪里。他们从哪里来，又因为什么不复存在了。他坚信他们就是被派遣来开凿这块坚硬的石头，把它雕刻成无法居住的宫殿和无与伦比的梦幻之都。之后，他们又前往别的不可名状的地平线去了。就是这样，佩特拉：岩石的不妥协造就了它，来自邻近不知名星球的人的狂想孕育了它。它向人类和世纪呈现了一个奇迹，永垂于世，也永远无法超越。

他现在有大把的时间来读考古学方面的书。从岩板上跌落下来的时候，他的头发少了，他也老了好几岁。他抬眼望向天空，库布塔山就像是蓝色书页上的阿拉伯字母。他能认出小时候他在菲斯时天空的云舒展出的图像：一个尖下巴的酋长，一只张开的六指手，硕大的满是窟窿的胸口，一匹侧卧着的骆驼，一只没有头的豹子，一只站在独眼魔术师魔杖上的公鸡，一颗流星，一棵倒立的树，一只左腿被吊起来的山羊，一团孤零零的雪……

他的周围全是坟墓。考林辛式陵墓面朝皇宫墓碑。一个声音建议他走远一点到未完工的坟墓前静思。他沿着柱廊那条路走，跟长翅膀的狮子打个招呼，转身背朝着它们向前走。一直来到未完工的大陵墓前。他跪下，俯拜，前额在沙子上停留了一会儿，感到自己很可笑。

他明白了，这个地方的一切都处于未完成的状态：宫殿，陵墓，生活，梦想，甚至是游客的目光。他的困扰不能在这里得到它所需要的平息。这些石头两千五百多年以来一直漠然地看着这个世界。佩特拉古城使他为之倾倒，为之赞叹，为之震撼。他感到自己变得渺小。这些石头与神秘而虚幻的宏图交相辉映，创造了永恒，他怎么能与此相比呢？他不仅头发全掉光了，而且也矮了几厘米。

他和阿依达的爱情，他纠结的错综复杂的情感，使他失眠和头痛的焦灼又重新回来了。他的故事跟佩特拉没有一点关系。在三天三夜没有休息之后，他的头像生锈的针尖扎一样疼，从颈椎一直疼到耳朵后面，接着又辐射到前额和两鬓，他徒劳地在头痛中挣扎，想明白了他来走沙漠之路是为了受苦和付出代价，就像是基督徒，这是他必定要经历的迷途。

清早，他收拾行李出发，经由国王之路前往安曼。他觉得他得结束这次观光，把它记录为未完成。立即离开，不再回来，在脑海中存有一种悬而未决又永不休止的震惊，佩特拉活在他的体内，就像一种来自另一个星球的感情。离去，消化所看到的一切，把所有的画面排好顺序，把跟他个人的故事有关的画面放在一边，把它们和玫瑰红岩石分开来，准备好再回来。

  他再回来的时候不会是一个人了，他会和阿依达一起来，他将学会怎样去爱阿依达。他将去上夜校学习心理学，心理学会帮助他做回自己，会为他的爱情注入平和的力量使之持久。就像这些人类和时光共同打造的砂岩和岩石一样向游客诉说着千年的历史。他们的爱情也向那些在大理石柱前停留的人讲述千年之爱，石柱上写着：

  仿佛一片棕榈树荫随处铺展在你面前
  你的命运就是你的道路，是你的脚印
  无论你走到哪里，它都如影随形
  像一面映射你思想的镜子立在沙砾上

巴黎之恋

当春天——"这个百花竞艳的美丽季节"——来临，当寒意远遁，当暖洋洋的太阳开始照在人们身上，巴黎的女人们就走上街道。她们无拘无束，毫不掩饰，尽管看起来还有些许弱不禁风，聪慧伶俐的她们已经成了主宰。无需演说，无需报复的口号，在国会，甚至在精神上，女性主义都占了上风。她们惹人注目，而且很骄傲能汇聚众人的目光。她们靓丽，自由，引领时尚，她们的欲念撩拨最热烈的追求者又使他们不敢近前。巴黎，比任何欧洲的首都都更是她们的天下，她们的封地，是所有欲望之都。这座城市之光，尤其是在白天的某些时候，使她们显得更加漂亮，也更加神秘，使人们的兴致有增无减。无论她们是高大还是娇小，是棕发还是金发，是富有还是清贫，是本地人还是暂居此地，她们都自信地走着，眼神中——对于那个知道如何去读的男人来说——隐含着爱情或悲伤。或许她们并不爱支配人，只是一时头脑混乱也就不讨厌去支配别人。

那个得出这个结论的男人开始害怕，他坚信本世纪末的女人注定了他的毁灭。事实上，他不是担心他自己的毁灭，而是所有男人的毁灭。当女人对男人的爱情一点点地成了男人的弱势，男人每天都经历可怕的考验。他向一位朋友吐露了这个想法，发现他的朋友很高兴知道他不是单独在打一场早已失败的战争。他生命中唯一严重的问题不是自杀或死亡，而是怎样去爱女人。他一点都不懂女人们的语言规则——对他来说，这就是一门外语，但他仍然不懈地追寻。

引诱者的问题是要知道如何调整。这个时代发展得太快；习俗改变了，女人却丝毫不放松自己的苛求。他曾想过某个时刻艾滋病的阴影抑制了他的激情，或者至少减缓了他追求的步伐。有了避孕套，他觉得安心了，并且随时满足他的激情。他知道女人在这方面是不妥协的，这也因此极大地挫伤了他的欲望。当安全问题在讨论中出现时，性就失去了诱惑。人们的美感变成恐惧、痛苦和死亡。在威胁面前，第一次相遇必须采取必要措施，就这样扼杀了性。即便如此，女人还是不放下傲慢的态度，当然，正是这种傲慢使她们显得性感。她们用这种锋利的智慧无时无刻不在为爱情比性爱绝技更重要而斗争。他花了很长时间才明白这些。

他跟一个很漂亮的混血儿姘居。司汤达说宁可不常去见所爱的女人，也要和好伙伴一起喝香槟。他遵照司汤达的建议。司汤达怀疑所有女人都水性杨花。可怜的人！而他却曾被同伴出卖。此时此刻，他情愿做白日梦。他甚至害怕自己成了这种梦的囚徒。他知道做梦是很惬意，可他忘了，这也是一个囚笼。他看到他梦中的女子很高大，比他还要高大；她不疾不徐地缓缓走来，从一道阳光中走来；她穿着一件紧身超短黑裙；她敢这样穿是因为她有一双超棒的美腿。她走路的样子优雅又有韵律，可是又自然至极，就像愉快地闲逛的人那样随意。她穿着驳领上装，腰围盈盈可握。他的手指穿过她不驯服的头发。透过她暗红色的上装，她的胸没戴胸罩，再往前倾一些，就能看见她的乳头。她脖子和肩膀上围着一条很大的开司米三角围巾。当她把围巾甩在肩上的时候，围巾撩起的微风嘲弄着男人们的目光。她从他身边走过，却没有看见他。他给她起了一个名字：背信弃义。他梦想着有一天发明一种香水，就叫这个名字。背信弃义，这不是使坏，也不是变态，只不过是挤挤眼睛，词的意义就有了另一番意思。她渐渐走远，他只看见她的背影。她的臀部在紧绷短裙里简直完美极了。他自然去脱她的衣服，她扇了他一耳光。他跌倒在她的脚边；她把他推开，他站起身，又像往常一样后悔了。他照了照镜子，发现她抓破了他的脸。他的手指上有一点血。他吮着手指，突然大笑起来。

刚刚过来坐在对面的那个女孩很丰满。她有着大大的黑眼睛，露着剧院里悲情女主角般的神情。她的嘴唇饱满，胸脯丰硕。他暗想：她很重。就把目光投向别处了。女孩喝着茶，目光却停在遥远的地平线。他想：她的心思不在这里。女孩起身去打电话。他伸长了耳朵而他所听到的却令他不安。女孩带着意大利口音，发誓要报复。她说着温柔的话，夹杂着粗俗的语言。例如："我爱你，我的爱人。我要是抓住你……我就把你的睾丸扯下来。"她回到座位上，他看见她哭了。她的睫毛膏被眼泪冲到了脸颊上。她使他想起了一个女性朋友，这个女性朋友只在悲剧中才容光焕发。她的名字是玛菲莎。他担心这个女孩到他的桌子这边，他感觉她做得出来。他飞快地结账，逃难似的离开了咖啡馆。

她只有十八岁，和一位女神同名，却只爱四十岁的男人。她敲他的门，找他借火。她丰满又坚挺的胸脯引人注目，她灰绿色的眼睛使他心神不宁。她修剪成美国女影星路易丝·布鲁克斯那样的波波头吸引着他，他有种强烈的愿望想要抚摸她的头发。他心想，她不是那种温顺的女孩。她更需要爱情，戏剧化的故事，惊喜和不安。他感觉自己没那个能力参与她的爱情故事。他邀请她喝茶。她问了很多的问题。他尽可能地回答她。她邀请他陪她去剧院。一提到剧院他就恐慌，可他还是微笑着答应了。他试探说带她到电影院,可所有他提议去看的影片她都看过了。一想到有一天她会让他亲吻,他就颤抖不已。他去观察她异常红润的嘴唇,她的眼睛一直在笑。他把她叫作阿纳斯塔西娅,明白她发誓要失身。他等着她委身的时刻,并为此做准备。他知道他将被糟蹋,但不知道怎样被糟蹋,不知道他将在哪里被毁掉,被屠杀。他给一个知心朋友打电话。朋友告诉他这种感觉是普遍的,他说:"我也有这种感受;直觉告诉我说这是很可怕的,我们必须朝天祈雨,这是我们唯一的希望。春天给了她们屠杀的念头;这是正常的,美需要呼吸,需要犯一些无伤大雅的罪行。我们就是天生的绝好的牺牲品。你跟我讲阿纳斯塔西娅,而我刚刚从扔过来的大刀下面逃出来!毫不留情!绝不仁慈!乔治头上挨了一下可口可乐瓶子;他的爱人在戴围巾,动作太大,卷起瓶子砸在他的脸上。我们惨败了。我们最好知道这一点。我在考虑把玛拉贝莉当情人。她是个高中生,准备参加毕业会考。她可真是尤物!有肉感的嘴唇,满脑子的点子能把巴黎颠倒过来!她已经有两个情人了,可能还有一个女伴!"

在花神咖啡馆的第一层,人体模特经常来这里跟专业人士商谈。她们有时在这里拍照片。女人在顾客的眼皮底下换衣服。这不是窥淫癖,因为这既不神秘也不是什么秘密。女演员在这里约会。她们卸了妆,穿着平常人穿着的衣服,往往认不出来。花神咖啡馆不是一个相遇的地方，而是培养在别处相遇的感情。他在这个地方感到很安全。女孩们来到这里，找个地方坐下聊天，然后脱去外衣跳舞，之后就离开了。他喜欢回想那个来巴黎的巴西女演员。她在这里拍电影，待三星期。他跟她在一起，完全没有安全感。这是卖弄风骚的极致。第一次阴差阳错地出现在他门前的时候，她犹豫着是否进门，之后她用一种使他晕晕乎乎的音调说道："您是斯科劳斯基先生吗？我能打个电话吗？"她放下行李袋，脱掉外套，一边打电话一边点了一支烟。他注意到她完美的小屁股，乱狮一样的头发，她成熟又优雅的姿势。她拨的号码无人应答。她一边说着"再见"，一边走了。三天之后，她又来了，手里拿着一瓶香槟。他们第一次站着做爱，就像在电影里一样。她对他说："你不是法国人！你应该是一个白皮肤的非洲人……""不，我是巴黎人。"他答道。

爱情就像一部传奇，一场电影，或一首怀旧歌曲。爱情就像薄雾蒙蒙的清晨，闪烁着露珠，遮遮掩掩就像一桩激情的罪行，疯狂得就像失去记忆的镜子。巴黎的爱情有时带着悲伤的面具，仿佛无法抚慰的不幸。他在心里说着这些，想着所有这些美丽，无拘无束，轻佻又危险的女人，她们在塞纳河岸边游逛，今晚回到家里独自入眠。他开始计算，建立数据，又突然想起在他计算的这一刻，一个女人正享受她最美好的性高潮，那么强烈，那么惊人，她一时头脑发昏，掐死了她的情人。

当巴西女孩做爱的时候，她闭上眼睛，说着一些葡萄牙语和西班牙语。她要求他跟她用阿拉伯语交谈。她对他说："这就是巴黎的爱情，人们用很多语言谈恋爱！"拍摄完电影，她又逗留了几天，跟他一起关在小旅馆里，把她的身体完全交给他。她剪下一绺头发，像少女一样，把头发粘到一张明信片上，写上这样的话送给他：只有在巴黎我才享受了让我昏厥的性高潮；你可能是有所图才跟我做爱，不过我告诉你，是巴黎污浊的空气激起我最深的欲望。

他花了很长时间才从这次纯粹的性爱经历中恢复过来。坐在一家咖啡馆的露天座上，他此刻远远旁观那些女孩。她们来自遥远的地方，完全不同。非洲女孩胸脯结实，屁股浑圆；亚洲女孩更喜欢显露她们的身体曲线。而马格里布女孩，他更醉心于她们开始自我解放时所表达的疯狂的欲望；法国女孩，他更喜欢她们游戏的态度，有一点点堕落。而他爱所有的女人，永远爱她们，而且总是失败者。

一声哀叹

这天，他灵光乍现，明白了死亡什么都不是。他起床，带着坚定的信念：以后要像冒险一样地生活。怎样才能不去想那些被河流冲走的发霉的非洲尸体？怎么才能不让脑子里闪过一幅幅被抛弃的尸体画面，尸体里的血在白雪地里流淌。他边洗漱，边听着新闻。人类一直都是这么暴力吗？多么天真啊！战争的需要，败坏身体的欲望，这些不都是基因里与生俱来的吗？为了不再想这些阴郁的画面，他开始算离二〇〇〇年还有多少个月，之后又去算还有多少个星期。两千零七十一天；两千零七十一夜。他突然大笑起来。世纪末似乎使最停滞不前的人都意识到要行动了。末日来临的痛苦从不会消失，就像地平线上的骆驼队，载着在大火前夕从亚历山大图书馆借出的手稿，背负着沉重的回忆，一次次地从时光的黑夜中走来，朝向黎明走去。在骆驼载着的书中，他记得有一本《在萨拉戈萨找到的手稿》。为什么不是在温哥华找到的手稿呢？他由此又想到一部埋在杰纳尼-希巴宫殿废墟下面的手抄本，就在马拉喀什城外。这部手抄本是十八世纪的作品，价值连城。据说，一位族长在弥留之际，把他的五十二个孩子和一百零三个孙子召集在一起，告诉他们，他已经把所有财产挥霍在供养品行不端的女人和疯疯癫癫、神智不清的流浪汉上了，但是他在老房子里给他们留下了无法估量的珍宝，他拒绝告诉子孙们是什么珍宝。他们得自己去找。他死后，他的子孙们开始乱翻乱挖，老房子里一片狼藉，继承人争吵不休。这时族长的一个小孙女发现了手稿，她叫道："我找到珍宝了！"可她爸爸却给了她一耳光，跟她说珍宝，就是金条，不是伊斯兰学者胡话连篇的文章。小女孩紧紧抱着那一沓历经时间和土壤的侵蚀而泛黄的书页，哭着去她爷爷的坟前述说她的伤心。

如果死亡不算什么，他想，为什么他的梦里总有黑色的帷布？为什么总有灰色的影子游荡在他床边，一边数着琥珀念珠，一边诵唱着听不懂的经文？他有很长时间都睡不好觉了，黑夜似乎蕴藏着某种阴森可怖的事。黑夜时而潮湿，时而燥热，总是漫漫没有尽头。他仿佛跌进了一条长长的隧道，手里拿着一盏油灯，自以为是英国恐怖片里的演员。他说着纯正的英语，尽管他没有丝毫语言天赋。他编织他的夜晚就像手工艺人加工他们的材料。整个白天，他都积极准备以愉快的心情迎接黑夜。太阳一落山，他就开始了与黑夜的谈判，因为人在睡着时会死去这个念头一直困扰着他。"在睡觉的时候离开世界……睡着了就死了。"一个熟悉的声音在他耳边低语。他确信他听过这话不止两千零七十一遍了。

最困扰他的到底是什么呢？是死亡吗？不，死亡就在那里，就像一件会移动的家具，慢慢地、慢慢地压下来，直到有一天把他压倒，压进墙里成为泥沙和石块。他精心呵护这件家具，像对待特殊的皮肤一样给它除尘、上蜡。即使当死亡的影子威胁到他的时候，他也没有恐惧过。可是别人的死亡让他难过，使他气恼，尤其是意外死亡或者暗杀事件。就如一九九三年五月二十六日，塔哈尔·贾乌特[①]在阿尔及尔被一名狂热分子刺杀的那天，他被巨大的悲痛与愤怒击得无法动弹。他不断地担心他所爱的人从世间消失，就像担心朋友之间会突然出现误会一样。友谊于他就像宗教一样神圣，可他在友情中却从来都没有安全感。他总是害怕自己一贯的笨拙会使别人误解他。那么爱情对于他是什么呢？这是他的妄想又是他的滑铁卢。他相信两个人可以相爱而互不拥有，忠实于自己且不排斥对方，两个人分享美好的时光，共同拥有一些东西，简单地快乐着，而后各自回归孤独。他深受爱情的折磨。他曾经跟几个马格里布女人恋爱，给他留下的记忆是：爱情是无休止的战争。而他讨厌暴力和冲突。因此他埋头工作，特别注重友情，以此来保护自己，自欺

[①] 塔哈尔·贾乌特（Tahar Djaout，1954—1993），阿尔及利亚记者、诗人、作家，1993年5月遭阿尔及利亚伊斯兰军事组织暗杀。

欺人，以为这样就会少受一点伤害或背叛。

收音机里在播体育新闻和天气预报。他不喜欢体育竞赛和晴雨表。别人跟他谈论天气时，他就会很生气。他一边穿衣服，一边打开窗户，看看没有一丝云彩的天空。巴黎成了一座让人难以接受的城市，他只喜欢春天的巴黎，用他自己的话说，"只有在这个季节，女人才是最美丽的，而男人也不显得那么粗俗"。他每次买报纸的时候都会咒骂一番。这个报亭，跟这些旅游街区的其他报亭一样，贴着一张告示，上面写着：此处不提供景点信息，请去地铁站看地图！

他尽量保持每天至少读一份报纸的习惯，且从不错过报纸上的讣告。他快速浏览一下讣告，在心里算出死亡人数的平均年龄，每次都庆幸自己免过一劫。今天，四月二十九日，死亡人数的平均年龄是六十六岁。他是否应该把之前在也门死去的一百人和死了的五十万卢旺达人计算在内？他怎么也不明白单单是卢旺达的维多利亚湖就准备接受卡盖拉河冲下来的两万五千四百六十七具死尸？这么多的尸体，没有名字，苍白、肿胀的尸体，尸体里的血液不再流淌，在睡梦中，在逃亡的路上，莫名其妙地被人当作了河流的祭品。

如果他自己的死不算什么，别人的死则让他怒火中烧。他不愿意再去想颠倒的世界，他更希望把这些看作自然而然的事情，希望自己对这些事情无动于衷，就像某些医生对血和别人的痛苦司空见惯一样。他不愿意再去想阿尔及利亚。可是这个国家充斥着他的白天和夜晚。它的暴行，它的苦难和满街乱跑的孩子，总是突然出现在他的家里。怎样才能使这个社会自我和解呢？一个朋友对他说："这是必然的。阿尔及利亚正在诞生为一个国家。她需要经历磨难，只有在她弄明白自己的身份之后，她才能从苦难中走出来。目前，她在躯壳里挣扎，她经历了殖民的创伤、战争的洗礼，还有一党制……"万一她突然倒向盲目的专制极权怎么办？万一所谓的人民法庭作威作福、荼毒无辜怎么办？

两千零七十一天。好几十个月。时间流转，日积月累。人们应当带着尊严告别这个世纪。我们的祖先没有好好开启这个新纪元，我们要避免像他们一样残忍。痛苦与日俱增，占据了所有空间，吞噬空气在墙上留下或灰或黑的痕迹。

历经沧桑之后，他确定了一件事：人永远不会改变。那么，何苦要自相残杀呢？何苦要写作并发表呢？曾经，他以为爱和死亡能够改变人。这是显而易见的，绝对显而易见。这种念头一直伴随着他，就像自杀的标记别在诗人的饰扣上一样。现在，他明白不能对别人尤其是对亲戚有任何期望，他如今觉得更加认清了他们，他感到如释重负，轻松自在。他没有料到他在这个四月二十九日星期五会感到如此无所挂碍，如此无拘无束。此刻他可以恋爱，即使只有一天或一夜。只要想到那个在机场与他目光交错的女人，他就会陷入眩晕。他可以只想她，别的什么都不想，就算对她的过去与现在一无所知。他想象她穿衣服的样子，想象她赤裸的样子，他勾画她完美的胸部。他感受她的发丝掠过他的肚子，双唇吻遍他全身。之后，所有想象倏地消失，就像暴风雨过后，留下世界在孤独和无能为力中寂寂地哭泣。

他喜欢独自一个人待着，而且用尽一切办法使自己的清净不被打扰。他的亲戚们觉得他古怪，嘲笑他。他没有办法使亲戚们相信孤独是一种需要，是必需品。有时他在餐桌或浴室的镜子上留下字条：爱你的孤独吧，担负起它以悠扬的哀诉给你引来的痛苦。里尔克。他重读了《给一位青年诗人的信》，决意要抓住生活，即使生活中充满了疏离、背叛和暴行。

在要做出决定的那一刻，所有这些想法一下子涌进他的脑海。这是一个重大的决定：帮比他更年老的朋友"安乐死"。给他一粒小药丸来结束他长期的痛苦。他一直惧怕这个时刻的到来。他一生都在赞颂自愿解脱，认为在疼痛肆虐地折磨人体、摧毁人的意识的时候，死亡是真正的自由。他看到他的朋友先是因为治疗后是因为疼痛而日渐消瘦，在药物的治疗下处于半昏迷状态。在他不多的清醒时刻，他要求安乐死，就像他在身体健康、生活充满希望的时候，和他的朋友憧憬的那样没有丝毫痛苦地死去。

他又想到了自己的父亲，在医院的病床上，已经丧失了说话的能力，用手势告诉他要安乐死。他移开目光来避免回应父亲的请求。父亲死时遭受了剧烈的痛苦，所幸这痛苦很短暂。他是在怒火中死去的，他握紧的拳头似乎在说死亡比痛苦更温和。他还想到了罗拉，一个年轻的安达卢西亚女人，在三十六岁那年夏天的一个大白天骑着自行车突然死去。

不知名的死者不停地在河流里漂浮。病魔肆意蹂躏着他年迈的朋友的躯体。他的双眼不再是眼睛，而是被亮光遗弃的空洞。他的皮肤已经了无生命的色彩，而因过度使用药物而恶化了。他的声音也只剩下嘶哑的喘气，裂帛一样的声音。

如果一个人在摆脱地狱般受折磨的生活的时候，在最需要自由的时候，却不能拥有这种自由的权利，自由又有什么用呢？如果一个人没有使用自由的勇气，自由又有什么用呢？此刻这是他自己的勇气。他把对老朋友的拜访延迟到下午，在旅馆开了个房间，单独待了几个小时。他需要冷静，需要独处来做出这个决定。可事实上，他在想其他的事情。他觉得这一天和今年其他的日子没什么两样。他猜想这个周五世界上会有多少对新人举行婚礼，又有多少人咽下最后一口气，还有多少个婴儿出生，有多少人被背叛，有多少亲吻，有多少爱抚被打断，有多少眼泪流出来，又有多少叫喊被压抑，有多少形象被扭曲，有多少列火车准点到达，有多少真正的沉默，有多少真诚的笑，又有多少不安的笑，有多少阴影凝固在蓝色的墙上，有多少朵花枯萎凋谢，有多少只手有了伤痕，有多少生殖器被插入，有多少颗心在最后时刻被给予，有多少生命在最后一刻被救起，还有多少奶罐被遗忘在了火炉上……

这种盘点没有任何意义，他把这当作消遣，这样他才能不去想医院里的白床单，不去想他很快要给咽气的朋友最后的吻别。

从宾馆走出来的时候，他注意到天空有一种很奇特的灰黄色。他感到一阵强风扑面而来，这阵风很可能来自沙漠，袭来的沙子打在汽车上。空气变得很混沌，他不得不带上眼镜来保护他虚弱的眼睛。然后，仿佛是在睡梦中，在那种噩梦中，事情发生得那么清晰，感受又是那样尖锐，以至于做梦的人坚信是真实的事情侵入了梦境。他突然感到一种燥热，不得不坐在公交站候车长凳上，揩揩额头的汗，这才发现手帕上满是沙粒，然后心里想到："解脱。"

几年来，他看见一些事物。他不愿自称"看见"，可是他有种异能，有某些直觉经常使他能准确地感知到将要发生的事。他觉得这是迷信，而不去相信，也不认为这些预感是重要的。可这个四月二十九日，星期五，在近晚时分，他不再怀疑他的老朋友刚刚解脱，脱离了所有苦难。他不需要赶往医院了。他暗想，也许某个好心的护士或医生帮助他提前几分钟毫无痛苦地离开了世界。他自己也感到了"解脱"。他沿着塞纳河慢慢地走，风沙抽打着他的脸。他有种想哭的感觉，可远方灰尘迷红了他的眼，他流不出一滴泪来。

自恋的维多先生

小时候，当别人问他长大后做什么，他总是不假思索地回答："当名人。"不管别人怎么跟他说名人不是一种职业，他都坚定不移地坚持他的理想。只有他的妈妈，不但不纠正他，还肯定他的愿望。她对他说："你以后不仅会出名，而且因为你很优秀，你会很富有。"他笑了，骄傲地看着围在他身边的人。他有个同班同学相当聪明机灵。他指望把这个同学培养成他的秘书。实际上，他已经把这个同学当秘书对待了。他让同学给他背书包，让同学替他给漂亮女孩送信。大家都把这个同学看作维多先生的代表。

维多是一名优秀的学生。他智力超群，有远大抱负，充满自信。他向老师提出深奥的问题，使老师答不上来而陷入尴尬。他虽然聪明，但不勤奋。这很正常。一切都尽在他的才华中，随兴而至，一目了然。他自己没有意识到这一点，不过他喜欢不预习功课就去上课，而且他喜欢在同学们面前自信地讲话。同学们都没法跟上他的思维。他的高智商使他在某种程度上总能摆脱最困难的境况。他说话很快，因为他反应敏捷。

他对待女孩子就像是一个君王，高高在上，委派他的秘书去做一些事情，诸如"因事取消这个约会""立即召集那个我渴望选中的可怜女孩，来表白我的感情"。女孩子喜欢这种看起来比同年龄的男孩大很多的男生。他对艺术史、戏剧和瓦格纳侃侃而谈，令人惶然。他确实很喜欢绘画。在学校放假的前一天，他告知他的老师和他引诱的女孩们，他要去卢浮宫待十五天。他说："如果一个人想在伦勃朗的画前激动地哭出来，最少得十五天。"那个夏天，他去马德里参观普拉多博物馆。在艺术上，他是认真的。对于他感兴趣的艺术家，他读所有能找到的资料，做卡片记录，把卡片分类整理，并且跟专家探讨。有一天，他想到要与埃尔贝教授见面。埃尔贝教授是研究伦勃朗的著名专家。他当时只有十二岁，当教授看到他穿着西装、系着领带、背着黑书包来到的时候，他觉得这是个玩笑。维多立刻打消教授的疑虑，向他提出了非常具体精确的问题。教授很快意识到他在同一个行家交流。

维多对于艺术的热爱有目共睹，这也是他唯一认真的方面。他不是想要捉弄专家，而是真正想要学习和理解。就是在这段时间里，他省钱，让他的秘书借钱给他。他买很多书，当夜读完，然后再细致地把这些书分类放进书架。在二十岁的时候，他已经有八千五百六十七本按字母顺序编排的书了。到他二十五岁的时候，他的书达到了两万册。他的妈妈此时成了他真正的秘书,为他做事,从来不阻挠他。维多对她来说就是一切。整个世界都可以坍塌,爸爸可以生病,美丽精致的女儿可以经历爱情的愁苦或发生事故。只有维多是重要的。有时,她会意识到自己过分在意维多了。于是她就去找女儿,花几分钟的时间问问她为弟弟的生日准备了什么礼物。

当他写出第一本论米开朗基罗绘画的书时,他的妈妈召来在米兰艺术方面最有权威的出版人,把维多的手稿交给了他。书写得很有水平。出版人虽然因为维多的妈妈传唤他感到很窘迫,但是也很高兴能出版这样原创的书。这本书立即取得了成功。第一批媒体评论也出现得相当快。维多的妈妈把所有谈论儿子的报纸不加裁剪都保存起来。

维多的指导老师,也就是他的教授,非常喜爱他。然而,就像很多大学里的知识权威一样,教授有他自己的规则。教授原因不明地憎恶一位十八世纪画家的画。当这位画家举办画展的时候,维多大胆地在意大利《晚邮报》上发表了一篇颂扬这位画家的机智的长篇大论。教授大发雷霆,从此拒收维多为徒。这使维多有些难过,但也给了他用自己的翅膀飞翔的机会。

就是从那时起,做一个名人对维多来说成了一种必需,一种切身的需求。他写了一些别的书和评论。所有人都见识了他的睿智,可有时也让人恼火,尤其是他上电视的时候。他清楚艺术史不是成为名人的捷径。他开始采取挑逗的策略。在电视上，这是很容易办到的。只要独占话语权，喊得比其他人的声音大，开主持人的玩笑，调侃有权势的人，就能吸引观众。由于频繁地上电视，他出名了。并不像他以前所想象的那样声名鹊起，但至少能满足他的自恋情结和他母亲的期望，而她收集所有带有儿子名字的期刊。她把这些报纸杂志分类放在他们乡下房子的大车库里。

维多一炮走红是在他在电视上揭露一位官员腐败的那天。电视台开始就此事展开辩论。一家知名电视台最终每天给出一小时让维多主持一场辩论。维多接受了。

维多越有名，他的妈妈就越难应付新形势下的工作。她雇了一名全职秘书来帮她。秘书每天的工作就是读所有的媒体，读每一份意大利发行的报纸，但凡有涉及维多的报纸，无论是褒扬他还是贬损他，都保存起来，分类放进那个众所周知的大车库里。这是一份非常累人的工作。秘书必须把维多写的文章，支持维多的文章和反对维多的文章复印出几份，用缩微相机拍下来，再分类。与维多有关的一切都要记录存档。妈妈监督这些事情执行。爸爸看着这些忙乱，不敢发一言。而美丽的艾丽莎，维多的姐姐，面对这种自恋和对维多的一切——他的面容，他的人际关系，他的辩论以及他的挑衅，面对这种强迫症般的迷恋，她试图带来一些轻松幽默。

维多在罗马事务繁忙，很少回家看望父母。他无时无刻不在打电话，昼夜不停。他一天只睡两三个小时，吃饭很快而且吃得不好。他的身边从来都云集着他的秘书、助手和朋友。他的手总是握着电话，口授他的信件和文章。他还花一些时间去买十九世纪的艺术品，不分优劣地买了很多。这些帆布画都乱七八糟地堆在他父母的房子的车库里，车库的墙都快被撑破了。车库里还到处摆放着雕塑。妈妈尽力敦促着整理好这些东西，却很难做到。

维多无可争议地成了名人。他还继续写书，不过写的是与政治和生活现象有关的事，而不再是关于艺术。人们越来越期待他出现在电视上。他在电视上无所不谈，又不知所云。但他总是才华横溢，风趣幽默，即兴发挥。妈妈雇的秘书把他的每一个形象、他说的每一句话都记录下来。妈妈把报纸分类，姐姐边听戏剧边读诗。

维多喜欢女人，女人们也迷恋他。但他从来没有时间跟女人在一起。他做爱吗？什么时候？在什么地方？没人敢提这样的问题。他的感情生活很神秘。虽然在他打电话的时候，像美人鱼一样美艳的女人到他办公室里拥吻他。他通完电话，掷下听筒，总有一只女人的手把听筒放回原处。他起身去和其中一个女人搂抱一会儿，又去忙别的事了。人们对他的感情生活说不出个所以然，连他的妈妈对此都一无所知。他当选为议员之后，跟一位意大利性感明星出现在国会，一时成为丑闻，惹起轩然大波。维多对他造成的声势很满意。

现在,这个未老先衰的男人,把自己关在乡下家里的车库里,一张张地读二十年来所有谈论他的报纸。他禁止任何人跟他讲话。媒体因为他的突然失踪而不安。电话不断打进家里。他的妈妈伤心欲绝,把时间都用来接电话和应付媒体。她对媒体说,维多隐居是为了写一本关于他自己的人生的书。电视台重播了他以前的节目。成千上万的电视观众写信要求他复出。很多女人想要自杀。人们甚至在他曾工作过的电视台前游行。没有了维多,一切都停滞不前。名望在呼唤他。可他对此充耳不闻,全心投入地阅读报纸,一张一张地挑选。有人从窗户把他的盒饭递进去。他在车库里洗澡。维多不再是以前的维多了。

他一连在车库里待了好几天,不说话,不唱歌也不叫喊。人们只听到翻动旧报纸的声音。

十天后,维多从车库里出来了。他脸色苍白,像野人一样,摇摇晃晃地走出来。当他坐下的时候,人们仿佛听见了报纸揉皱的声音。他张开嘴巴,带有粗体字的报纸碎片掉了出来。人们按照纸片掉落的顺序来读,以弄清他想说的话。维多成了一个纸人,成了一张报纸,一张涵盖所有报纸的报纸,一张只与他有关的报纸。他坐在车库里的一张纸质的椅子上,发表演讲,讲述他的生活,他的童年,他的母亲和他对匹诺曹的酷爱。人们从全国各地赶来,给他带来宗教仪式用的大蜡烛和礼物。人们相信维多是个圣人。尽管他是一个纸圣人,他仍是一个圣人。他的妈妈安排来访,接收陈情书,准备饮食并且跟律师交谈。而艾丽莎在米兰指挥一个大剧场,只表演正歌剧。

不喜欢节日的男人

在这个所有基督教家庭合家团聚、围着火鸡和或高档或劣质的香槟庆祝节日的时刻，我要坦白一件事：我讨厌节日，尤其讨厌圣诞平安夜和新年夜这种岁末的节日。我讨厌这些节日之前的那些天，也讨厌节日之后更糟糕的那些天。那些天总是阴雨连连，所有人都急匆匆地跑到大商店里，觉得必须买一些礼物、圣诞树、肥鹅肝和雌火鸡。失业的人扮作圣诞老人，很是滑稽可笑。只有他们才相信这种谎话。孩子们嘲弄他们。电子玩具使得这种圣诞节的象征显得可怜。节日期间，人们耗尽钱财，甚至负债来取得几个小时幸福的错觉。这使我很愤怒，使我出离本性地愤世嫉俗。人类毫不抵抗地就屈从于商人的规则，毫不计算地花钱，或者计算得太多。他们消费来使自己和别人一样。当节日变成义务，独处——在其他时候都能忍受——此时就相对成了噩梦，成了无法忍受的病痛。

所有人都要高兴，满足，幸福。这是规定。无人能质疑；你也找不到人来质疑这种规定的初衷。人们在统一的独裁下生活。节日的信息很简单：这一晚不能独自一人过。独自一人就说明这个人是人类中最差的一个，为家庭不容，为朋友抛弃。如果一个人独自过节，他还不如吃片安眠药，睡上二十二个小时，也许睡眠会比社会更温暖，还能做几个好梦。举国欢庆的日子，那些由于种种原因，或者毫无缘由而独自一人的他或她，是多么的不幸！朋友忘记了他们，家人忽视他们，或者他们没有朋友，没有家庭。这个人得找一个坑钻进去，躲起来，一直到节日过完。人们应该建造反节日避难所。

在这个全国人民都吃同一道菜，都饮同一种牌子的汽酒或香槟的时刻，在这个人人都忘记争斗，忘记债务，忘记疾病，忘记忧愁的时刻，在这个人们半饱时互相拥抱的时刻，在这个人们讲粗俗笑话的时刻，在这个人人相信或觉得相信或多或少的真情的时刻，一个人完完全全把他自己隔离开了。他宣布他要孤立自己。这个晚上，他无处可去，去哪里都不适合。他没有节日可过；他没有心思过节；没心思，没心情；他甚至"愁容满面"，就在这个晚上，在这个酒精和香烟熏得烦恼晕晕乎乎被推开而休息了的时候。烦恼休假了，也就是几个小时的假期。死亡也休假了。它四处游荡并且等待着。节日快结束的时候，它有很多活要做。公墓周围烟雾缭绕，天空中有懒洋洋的祥和的云朵。这个不合群的人，远离夜间的喧闹，脑海里不能有一丝微笑的影子，甚至连一丝嘲弄的微笑都没有。他感到无所谓，感到他会大声喊叫出来，因为别人的节日使他处于这种状态。而在这种状态下，他感到自己什么事情都能做出来，甚至是，他尤其想去谋杀。他不是想去杀一个人。如果他确实决定要犯罪，他会伤害自己。他是一个和善的人。他不想伤害别人，可他也受不了别人打扰他。然而，圣诞夜使他异常困扰。他不能因此而埋怨所有人，所以他只能怪自己。

这个人，就是我的邻居。当我说我不喜欢岁末节日的时候，我想到的是他。他的孤苦触动了我。这些天里，这个人一直很痛苦。我看到了，也听到了。我很同情他。再说，他是一个正直的人。而我，我不是天主教徒，我不是在这种传统里长大的。我的异常不幸的邻居是天主教徒，他希望庆祝节日，可总也做不到。似乎没有人邀请他一起吃圣诞晚餐；而他也找不到人来分享这顿大餐。每一年，他都落入孤苦之手，变得脆弱，易怒，悲戚。他拉长脸，头陷进肩膀里，目光空洞，步子也变得晃悠。这是一个在城市的喧嚣和吞没他的灯光中走了形的男人。

在他的影响下，我也开始对节日这些天感到恐惧了。我，一个对这种节日活动从不或很少关心的人，不禁想到这个可怜的人还不明白在这些使他这么痛苦的日子里，他离开这个城市，甚或离开这个国家会更好些。

在今年的圣诞夜,他来拜访我。他站在门槛那儿,用几乎听不见的声音小心翼翼而又礼貌地问我:

"您不打算庆祝圣诞吗?"

"您为什么这么问我呢?"

"您家里有小孩,可我没看见您屋里有冷杉树,也没有挂在树上的能自动亮起来和灭掉的小灯泡。"

"是的!我没有圣诞树,没有闪烁的小灯泡。因为那使我睡不着觉……"

我请他进来,他似乎想为这一切找个理由,就对我说:

"您不信教!"

"您想知道我是不是相信岁末的一夜里冷杉上的灯光?不,那是因为我讨厌冷杉。这种树不优雅,太普通。所有的冷杉都一个样。而且,我不喜欢不是在自然中生长的树;这和动物是一样的。我不喜欢它们被关在像我们住的公寓一样的狭小空间里,而是喜欢它们自由地生活在大自然中。"

"您的孩子能明白这些吗?他们不找您要圣诞树和袜子里的礼物吗?"

"他们不会。我在他们生日那一天送给他们礼物,而不是在耶稣的生日这天给。他们很幸福。"

"啊!要是我有孩子,我会在圣诞节给他们很多礼物。可我很可悲,所有我认识的女人都离开了我;跟她们在一起的时间那么的短,我甚至没有机会弄明白她们为什么离开……我想象不出我和她们中的一个人一起生活,有孩子,过圣诞,还有其他一些事情……"

我给他端来一杯天然柚子汁。他一饮而尽,开始请辞:

"我不想再打扰您了……"

他觉察到了沉默,有点不安,又高兴起来,对我说道:

"您觉得我们一起吃我的火鸡怎么样?……我买的是成品,在'不二价'商店的地下室买的……您知道'不二价'商店这段时间成了奢侈品商店吗?……普通人也需要奢侈一回,一年不也就这一次嘛……"

"谢谢您的邀请。我正在修电视机;主要是孩子们要看,我是喜欢看书的,我妻子也是。可我们不能剥夺孩子的想象。"

我还没请求他,他就跪在地上检查起电视机来。

"是图像不清,还是声音不好?稍等,我来帮你一把;我是修东西的能手。在这个国家,您必须会自己修东西!"

他脱下外套,回去找他的工具箱去了。孩子们有些着急,他们喜欢的节目很快就要开始了。几分钟后,我看到我的邻居穿着蓝色工作服来了,微笑着一定要修我的电视机。我让孩子们到别处去,我做他的助手。他灵巧地打开电视机,然后很专业地一件件地卸下零件。他完全专注于这项工作。他哼着小曲,孩子们都回来看着他修理；他抬眼看到孩子们，把他公寓的钥匙递给我，对我说：

"拿着，把门打开，让孩子进去。电视机在厨房里，没有坏。我得修好长时间，估计到他们的节目开始还修不好。不应该剥夺他们快乐的权利。"

我把孩子们安置在他的家里，又回来当他的助手。整个机子都被拆开了。他很满意，站起身，喝了一杯水，然后想起这是圣诞节，就举起杯，对我说："敬您！"这时，厨房里突然有种很大的开启香槟的声音，就像是从对面的窗户射出了一枚子弹。歌声之后，对面又传来了欢呼声。从我的厨房里往外看，我可以看到欢呼的人，迪朗和杜邦一家。这两家的人完全疯狂了，互相拥抱，跳舞，叫喊，陷入醉酒和疲惫。

"是那些邻居，"我对他说，"他们很喜欢节日；他们才开始喝酒，几个小时之后，您就有得瞧了……"

他没有接话，看了看他的手表，又干起了活。

"所有的零件都没有毛病。可能线路错了或者信号出了故障。这些电器真难伺候，给我们想象又使我们烦恼。我会处理好一切的……"

我在公寓里转来转去。妻子让我邀请他吃晚餐。我不敢打扰他。我看他很投入，很幸福，也很高兴能帮上忙，能在这么抑郁的晚上有所用处。我决定不吃晚餐，等他修完电视机。孩子们都回来了。他已经修了至少两个小时。邻居们又唱起了歌，让人觉得是在老兵俱乐部。他们号叫，大笑，拍手，打开窗户，招呼邻居。所有这些喧嚣丝毫没有影响到他。他把电视机零件清理好后重新装上。电视机组装好了，将重新变得有魔力，显示图像。他支起天线，打开电视。屏幕上显出了晕线，还伴有干扰噪声。他又开始拧电视机右边的按钮，调整。我什么也没说。已经是十一点了。孩子们去睡了，妻子也去睡了。他调出了一个台，接着第二个，然后所有的频道都出来了。图像很清晰，声音很清楚。所有频道里都只有一个图像：一名神甫正在布道，他的身后，一棵冷杉树闪耀着。这是很庄重的事。我的邻居，疲惫不堪，请求我允许他去洗手间。他洗了手。我关掉电视，建议他和我一起吃晚餐。他说他不饿，就穿上外套，收起工具，朝门口走去。他伸出手来握住我的手，对我说：

"谢谢您，先生！多亏了您，我摆脱了悲愁。我都没感觉到时间过去了。这真是太奇妙了。我过了一个愉快的夜晚。明天，我要去我妈妈的墓前放束花。"

我都没来得及感谢他，他就走了。我一个人在厨房里，面对温热的蜜汁柠檬烩鸡肉。我没有心情用餐。已是午夜。所有教堂里的钟都敲响了。节日到了最高潮。嘈杂声和喊叫声在我听来又增大了几倍。邻居们往窗外扔空瓶子。大楼的角落里满是碎玻璃。节日结束了。这比晚会开始更令人绝望。明天，人们要睡个大懒觉。街道上就会空空荡荡，我会趁此去散散步。

仇　恨

从前有个孩子奇丑无比，丑到它能逃过光阴，不再长大。它既不是男孩，也不是女孩，没法登记户口。它也没有名字。人们提到这个孩子的时候，就好像是说小矮子。在十五岁那年，它清晰地感到自己被赋予了一项使命：破坏。为了实现这种激情，它索要永恒，而它也得到了。它的父母是善良的穆斯林，是正直的人，人人都这么说。他们的孩子不再属于他们。它抛开家人，到野地里跟蝙蝠和带来厄运的鬼生活在一起。人们有时称它为 Aïcha-la-chauve，一种巫师用来占卜的鸟，有时叫它 Hmar lil，夜间的驴，会把它全部的重量压在熟睡的孩子胸口。

得知我准备讲述它的故事，它就不请自来到了我家。它是以一个声音的形式出现的。这个声音大声而坚决地命令我放弃我的打算，听它讲。我没有选择的余地：要么顺从，要么成为它的牺牲品。我还热爱生活，我宁愿让它自己讲。毕竟，它的角度比我更适合来邪恶地讲述它的故事。

我的出生极有可能是一个错误。我经常听到人们说:"这个东西不该来到世上。"无论我到哪里,我从来就没有位置。我明白我不管怎样都不应该出现在任何地方。我是个让人讨厌的孩子。我占地方,尽管我的体积不比别的孩子大,我的体型难看,我总伸展开身体,独占地方。人们憎恶地看着我。我长着一双斗鸡眼,也只能同样敌意地看他们。我看什么都充满憎恨,而人们不敢责备我。那些不知高低,敢用严厉的声音跟我说话的人,经常还能想起我仅仅用目光射向他们的毒箭。我本质上并不坏。我是出于自卫。就是别人没对我做什么的时候,我也自卫。这是一种手段。我本不应该在这里,但是,从我被扔到这个该死的地球上那一刻起,我就努力站在这个错误的最高处,不会轻易放过任何事情。

如果说任何东西都逃不过我的毒手,那是因为我的存在不容忽视。我存在,就在那里,畸形的身躯,难看的脸,尤其是一头油腻腻的头发。我一个月才洗一次头,因为我喜欢头发趴在头上泛油光,这使我看起来像是职业人士。我就有了撒播混乱和恐惧的面具。这是我的游戏,我独自玩耍,因为跟我同龄的孩子玩的时候排斥我,他们也只能这么做。我一下子就觉察到这种排斥是非常理想的。每个人都有自己的位置。我的位置无处不在,我可以到处捣乱,制造痛苦。我从哪里得到这些恶的能量呢?您很快就明白。我生在恶中,我毫不讳言。世上有人生来就是去帮助他人、造福人类的。而我，我生来就是散播不幸的。这是我的职责，我活着的理由。我能够呼吸，得益于我血管里流淌着污浊的血液。这些血液给我破坏的点子。我可以向那些害怕当坏人的人提供服务。我只需带着厄运和毒眼出现就行了。然而，我不是绝对的**恶**。我还没达到那种程度。其他人积极地耕种不幸却是一副干净礼貌的样子。我什么都不隐藏。我的恶一目了然。您想象的恶是什么样子，我就是什么样子，不多不少，正是您想把我塑造成的样子。

在家里，我用尽一切资源。我的父母放弃了反抗。他们的脸上写着失败，我就是他们的败笔。他们什么都不给我，我也不给予他们什么。就这样，一切都尽在沉默中，尽在苦恼的眼神里，沉重的叹息中。

我的两个哥哥很快就明白我跟他们不是一类，更不是他们的同伙。我们是同一屋檐下的陌生人。屋子里从来没有笑声。我扼杀一切笑声。只要一抹笑容刚一浮现，我就介入，我的目光使笑容僵住。我只需看一眼，一切就回归到冰冷而又无可救药的样子。我不哭。哭解决不了任何问题，带来不了任何好处。它与我的使命不相称。我只有得到一些温情才会哭泣。而我从来没有得到过。从来没有，没有眼泪，也没有感情。感情使事情变得不正常，会扰乱我的算计。即使我非哭不可，我也是独自哭，从不在大庭广众下哭。我把自己封闭起来，或者在水下，眼泪和水混在一起，我看不见眼泪，我也就没有哭过。

我生于缺失之中，就像跌倒在一场暴雨中，令人始料不及，令人恐惧万分，因为这雨使种子腐烂。我很早就知道这点。还在襁褓中时，我就形成自己的性情：我节省所有精力让他们为我的偶然出生付出代价，让无辜的人为我扭曲的、五官错乱的脸付出代价。是的，我的脸就像一幅揉皱的水彩画，变了形。我的一切都是歪斜的，我的躯体和躯壳里的灵魂。

一天，清真寺的伊玛目试图跟我讲道理。我刚刚狠狠地伤害了一个女孩。这个可怜的女孩竟然不慎对我表示了同情。伊玛目说了很长时间，而我在想方法弄烂他的一只眼睛。终于，他意识到自己在跟一个魔鬼打交道。他对我说："你生来就没有灵魂！"他说得极了。我知道我的身体满是窟窿，我知道灵魂讨厌空洞和黏乎乎的东西。我站着尿在他的长袍上，结束了这次谈话。

我十岁了，确定了复仇的种种计划。我的父母越来越绝望，哭个不停。我从不因为他们哭而烦恼。我有那么多事情要做。我也不受孤独的困扰，相反，孤独能使我改进我的方法。我需要时间，我有那么多的恨要发泄，得需要整整两辈子才能完成。可是恨也不能使我完全得到平息。因为有爱才有恨，即使是很少的爱。而我不爱任何人，连我自己都不爱。怎么解决这个难题呢？怎么不付出、不花费就能恨呢？这确实太难了。我打算节俭，我的恨一滴一滴地渗出。这将会更痛苦。我放过我的父母,我对他们没有恨意,因为我也不爱他们。我让他们羞愧难当、绝望万分地亲眼看着他们的子嗣搞破坏。其他的人,那些对我什么都没做的人,那些经过我身边,没看见我的人,那些停下来看我,震惊世上居然还有我这样的人存在的人。那些身材好,五官端正的人,所有这些人都是我的牺牲品。不过注意了!我不为他们花费什么,我绝对是防御!

可是怎样不付出就能作恶呢?付出?我从来不付出。我让东西从我的身体里自己发散出来,所有脏的、臭的东西,所有从体内自然排出的东西。唾液,尿,粪便。这一点都不费事。用所有这些东西,我使别人不能过活。我主动介入他们的生活,使他们相信我是带着好意来的。

我这样实施我的手段:先借出,再夺回。一有可能我就回收。我什么都不给予。我赖着不走,必要的时候我强令他们接受,使他们呼吸困难。我的策略很简单:悄悄潜入,使人不自在,让他们有负罪感,再从背后折回,表现得温和一些,重新再开始……如此反复直到把人逼疯,如果有可能还会致人死亡。当我面对一个什么也没对我做的人的时候,我感觉自己更强大。我战斗。我完成任务,得到补偿。我有时(很少)从镜子中凝视自己,看到自己的眼睛因恨而变黄我很高兴。

我的丑不是某个人的错,而是所有人的错。我的一生都要让所有人为这个残疾付出代价。残疾人有权利得到关怀，某些特定行业接纳他们。他们开小的车子，有他们的特色。有人照顾他们。而我，我考虑有一天去申请一张残疾证。但这是不可能的。我身体上没什么毛病。没有拖着的腿，没有扭曲的胳膊，没有伸出来的舌头。什么都没有。一切都是正常的。只有外貌不正常。完美就像是一个低级玩笑。我从不生病，在这一方面我很心安理得。到今天，我都可以肯定：医生们只能关门大吉。我永远也不会生病。我一分钱都不会给他们。我比疾病更强大。当我看到所有那些被一次小小的感冒就击垮的人的时候，我就咯咯笑。我从来都不会有这种危险。流感惧怕我。

在古兰经学校，所有的男孩子都长虱子。我也未幸免。可我都来不及感觉到头上有虱子。那些虱子一旦爬上我油腻的头发，喝了我的血，就中毒爆裂死了。整个虱子部落都悬赏要拿下我的头。他们很快就明白是徒劳的，而去那些干净一点的头发里筑巢了。病毒也知道我的厉害。他们口口相传：不要靠近我。我是他们的坟墓。只要一种病毒弄错了，钻进我的身体，它就死了。它找不到可以附着的地方，也找不到可以生长的地方。它逐渐消瘦，死于悲惨的孤单。我使一切疾病恐惧，甚至是癌症。毫不留情。我无需消耗任何东西就能保持这种顽强的抵抗力。事实上，我就是抵抗力本身。此外，我什么都不是。我身体的丑陋是因为缺少灵魂。这是一个穷江湖郎中在周五祈祷之后对我爸爸说的。是缺少，还是遗忘？或是虚无？为什么要努力爱别人，既然别人从没爱过我？

不是没有人爱过我。有一次，一个男孩子，不俊也不丑，把我看成了一个女孩，想跟我结婚。我十五岁了。他是真诚的。可怜的孩子，他要么不知道把自己的情感放在哪里，要么太清楚自己在做什么。他拿着《古兰经》，他竟然想要拯救我！当我明白了他的意图，我告诉他，我就是我，我一点都不需要拯救，不需要帮助。我尽知所有的一切，我们可以时不时地交换一下消息。他对我笑了一下。这是第一次一个男子对我笑。他的笑容里没有丝毫恶意，只是一个下意识的动作。我也笑了。我看到他的脸暗淡了下来。我参差不齐、完全颠倒的牙使他的笑容立即消失。我的眼泪差点落下来。我咬紧嘴唇不让眼泪流出来。我宁可滴血也不流泪。

人们说造物主——这倒是个合适的词——对我太吝啬了。吝啬，这么说还不够。恶毒？也不是。它没有造就我。我应该是从垃圾桶里钻出来的。我这么说一点也不感到羞耻。我情愿把生命变成一个共用的大坑，接收扔进来的人和垃圾。我做到了吗？《古兰经》预言我是永恒的地狱。那么，就做好准备把自己当地狱，打碎所有的镜子。我们不再是自己本来的样子。我保证我们认不出自己了。我不接收老人，他们死得太慢。其他人，那些身体没有缺陷的人，我善于毒害他们，否则我就努力使他们面目全非，使他们身体与灵魂跟我同样丑陋而且永久如此，这样我们就能和平相处。

我是不死的。不是我这么肯定，而是我所经历的那些世纪证明了这一点。我的杰作就看在你的眼里。最后，我再说最后一句，如果我有灵魂，我绝不会丑陋，也不会对生活吝啬。

老人与爱情

老人吃力地站起来，使劲用拐杖的另一头去关窗户。他弄出的响声在兰布拉斯街区的这片地方显得很沉闷。他很想在格拉西亚大道或戴埃格诺大街上找一家旅馆。可是他的经济状况糟糕透顶，只能住进一家旧养老院。这家旧养老院一天有几个小时充当妓女用的旅馆。

唐·罗德里格披着他有点磨破又有些脏的晨衣，承受一连串的不幸带给他的痛苦。他，曾经的贵族，一位有修养的男士，风雅考究，情感丰富，热爱生活，追逐爱情。他，曾是周游世界的外交官，喜欢节日，慷慨大方，有审美情趣。如今，他身体衰弱，精神颓败，被迫生活在污秽与耻辱当中。他用棉花堵起耳朵，尝试着重读《堂吉诃德》，似乎是为了驱除厄运，无声地自嘲他被命运欺骗、为亲友不齿、被所有人遗忘的人生境地。

他从一面灰蒙蒙的镜子里看自己，竟然认不出镜中的自己了。他微微一笑，暗想很快他就会沿着奈何桥走了。他只想知道生活究竟会怎样对他穷追不舍，会把他践踏到何种地步。他很清楚地感觉受到了惩罚，不仅受到了人类的惩罚，也受到了上帝的惩罚。他无视宗教，赞扬所有西班牙超现实主义者的反教权挑衅。当佛朗哥主义盛行的时候，他热烈地宣扬无神论。而如今，他发现自己在期待某样东西，空中的某种兆示，一种友好的示意，某个旧友寄来的明信片，也许梦中出现的妈妈的样子，妈妈终于跟他说话，终于说爱他，尽管用笨拙的语言。他期望一丝光亮，一道从上帝、先知和圣灵那里来的光。

他遭到惩罚和折磨，丢尽脸面又不被人理解。唐·罗德里格已不再穷根究底，探寻事物的意义了。他不再对人性抱有幻想，明白了人性是对立的，不值得期许。只有爱情、真理、伟大，才能使他忘记他深重的阴郁。他一生爱慕美好的事物，经常为了跟拥有美丽身体却不一定拥有同样美丽灵魂的人在一起生活而不惜一切。多少次他的外交生涯因为他的滥情及缺乏谨慎而险些中断！他跟那些好动又爱惹事的年轻人招摇过市。他想要永葆年轻，他不会因为这些年轻人的嘲弄或恶意的玩笑而不高兴。他去参加这些年轻人的夜生活，即使显得很滑稽可笑也不在乎。他说："一个陷入爱中的人永远都不会可笑。"

他喜欢年轻男子，且并不遮遮掩掩。他不在公众场合宣扬此事，也不否认那些关于他的私生活、关于他一掷千金挥霍无度的传言。他富甲一方，巨额财产使他能够举办各种晚会，能够环游世界。他从不指望他做领事所得的工资。他恋爱的时候，不仅不计花费，而且还出资赞助他的情人们办事业，尽管这些事业大多数时候是以赔本告终。他生活富足，爱乱花钱，喜欢买油画，再把这些油画送给朋友们。

在一次油画拍卖会上，他遇见了雅米尔。雅米尔二十二岁，身体修长，卷发，狡黠又很会引诱人。这个年轻人才开始跟男人发生关系，还很腼腆，但是也敢干敢为。唐·罗德里格突然有一种很强烈的感觉，那就是他将体验一场极度的爱情，一场游离在死神周围的爱情。他在头脑中坚信这一点，因此他心神不宁，觉得自己发烧了。当他向雅米尔走去，一切就成了定局，无可挽回，他只能去经受将要发生的一切。他们连一句话都没有说，就肩并肩地一起走了，仿佛他们本来就认识一样。唐·罗德里格有点害怕，可这种恐惧又激起更大的期待，期待某种说不清道不明的东西。由此开始了他们之间的迷情。

两个情人周游各地，狂热地相爱，相继陷入疯狂。他们规划了很多事情，之后在艾西拉一所面朝大西洋的小房子里定居。唐·罗德里格办理了退休，把全部精力都投入到使雅米尔和他的家人幸福上。雅米尔的父母从不细问这些钱的来历，也不过问他们的儿子和这个老人之间的事。雅米尔和他家人的日常花销不断增加。唐·罗德里格毫无怨言地支付。雅米尔时不时地背叛他，去跟一些女孩来往。唐·罗德里格知道这件事却从不说什么。雅米尔昵称他为"先知"。他们经常拿这个昵称取笑。毕竟，这位西班牙老外交官喜欢这个流里流气、桀骜不驯的年轻人。当唐·罗德里格到巴塞罗那去处理家事的时候，他的情人就召集一些女孩来家里狂欢。他喜欢喝酒，喜欢吸印度大麻。唐·罗德里格不喜欢他这些习惯，却不去苛责他，害怕他会因此发脾气。

一天，从西班牙回来之后，唐·罗德里格就病倒了。医生们不知道他得了什么病，建议他多休息。实际上，他刚参加了一个家庭会议，家人向他宣布了他的账目。他的兄弟姐妹们指责他挥霍了家族财产，排斥他，羞辱他。他决定与他们一刀两断。他的同性恋事件是整个家庭会议的议题中心。家人们说了些带有种族歧视的话。在他们看来，雅米尔就是一个摩洛哥小子，一个掠夺他的"阿拉伯人"。他们对同性恋的厌恶也同他们对阿拉伯人的痛恨一样。他们含沙射影，也直接地说唐·罗德里格变态，使他受尽侮辱，名誉扫地。唐·罗德里格痛苦万分，对他的家人说他与他们不再是亲人，就离开了他的兄弟姐妹。在回来的途中，他到公证人那里去了一趟，跟他商讨了一下要办的手续，来保证雅米尔在他死后不会遭受他家人的敌对。他需要在活着的时候把所有财产都正式转到雅米尔的名下。这是阻止唐·罗德里格的家人在他死后继承他的财产的唯一方法。

雅米尔告诉他的妈妈"先知"把艾西拉的房子、西班牙的两套公寓、两辆汽车、所有股票和所有衣物都给了他。一下子得到了这么多东西！他有些头昏，又有些不安。妈妈觉得唐·罗德里格这样大方有些不靠谱，不过也没有拒绝。她要求看一下财产目录，然后把它们用一块布包起来，放在了浴室的瓷砖底下。她越来越经常地邀请"先知"到家里来吃饭。每次都感谢他的慷慨赠予。他每次都带着同样的微笑说："我死后，这个家更值得得到我的财产。我的家人总是讨厌我，并且对阿拉伯人从来没有好感。他们受到了惩罚，还不知晓。我很高兴能为您效劳，能使雅米尔幸福。雅米尔真是一个可人！……"

他并不十分了解雅米尔的家人。只知道他们家里有很多孩子，收入微薄。爸爸猝亡之后，妈妈威严地管理这个家庭。她在一家餐厅工作，据说是很有名的通灵者。人们从丹吉尔甚至是纳祖尔来向她寻求建议。在她看来，唐·罗德里格是一个又老又病但很有钱的老头。她从未对他表露过好感。她是否怀疑儿子和这个外国人之间到底什么关系呢？她为贫穷所困，不会为这些问题劳神。而且自从唐·罗德里格来了之后，他们的生活就变得舒适了，这使得她欢迎他都来不及呢。一天，她提议看唐·罗德里格的手纹。她说唐·罗德里格的生命线很长，他的命运线横过生命线中间。他的健康状况也很好。但是，她看到了某些阴影，丧事或者横祸。她问唐·罗德里格他的心脏怎么样。"非常棒！"他答道。两人一起笑了。在唐·罗德里格离开的时候，这个女人有些不舒服，差点晕倒。她双唇蠕动着说一个不幸将降临，然后一边张开手去驱赶幻觉中的某个东西，一边念诵一篇祷文。

翌年夏天，不幸就降临了。雅米尔过度酗酒抽烟，在一个恶劣的天气中，跳入波涛汹涌的大海，被海水卷走，再也没回来。三天之后，海水把他的尸体冲到了沙滩上。唐·罗德里格悲恸万分。他像个孩子一样哭了几天几夜。妈妈把雅米尔的死归咎于他，限他二十四小时之内离开房子。她还顺带着告诉他，他什么都没有了，只能哭天叫地了。这个丧子的母亲把所有的愤怒都发泄到这个可怜的老人身上。他在活着的时候就被剥夺了一切，而且完全出于自愿。他像流浪汉一样在艾西拉的街道上游荡了好几天。孩子们叫他"大傻瓜基督徒"，一些孩子向他扔橘子皮，另一些给他面包和橄榄。

命运对这个热爱生活的老人异常残忍。他孤苦伶仃，形容枯槁，请求雅米尔的妈妈宽限他整理衣物的时间。她告诉他，他没有东西可整理。他无意争辩，拿了他的盥洗用品盒，他的睡衣，旧晨衣，离开了这个国家。他回到巴塞罗那。他不可能去找他的兄弟姐妹们。他跟几位朋友打了电话，却不敢向他们寻求帮助。他羞愧难当。他的公证人帮他救了急，告诉他还有外交官退休金。他靠这些钱生活，生活得很不好。他对一切都失去了兴趣，崩溃绝望，在满是窟窿的床上等待死亡把他带走。

一夫两妻

我的第一个妻子是我妈妈许配给我的。我娶我妈妈的女儿的时候还是个孩子。我觉得我的第一个妻子有一种说不出但显而易见的天生的美。过了一些时间，我才发现我并非她唯一的爱人。

我的第二个妻子可以说完全是我自己找的。她自愿委身于我，可我得引诱她，陪她玩，跟她共谋一些事情才能配得上她，才能留住她。我相当尽心地做这些事来使她留在我身边。

到了四十岁左右，我使得两个妻子和睦相处。她们之间交流困难，不能互相理解，就不得不通过我传话和争吵。

我偏爱第二个妻子，因为她不是我们部落的。我受的教育是要对外族人热情友好，对外族女人更要如此。不过，我只是表面看起来很友好，实际上我很粗暴。我喜欢让这个外族人屈从于我，可我得承认，她经常占上风。她操纵我而我任她摆布。我清楚：一切反抗都是徒劳的。证据：她说她本族的话，讲述她的家乡，不让我有说话的时候。

有时候我的第一个妻子会造反,她不声不响地夺取权力跟另一个妻子扭打在一起。

如果我的两个妻子不交流,她们就看着对方,互相设下埋伏等对方上当。我喜欢她们行动起来,互相挖苦,你来我往地吵架诋毁声誉。一方压倒另一方,双方都嘲弄我。她们联合起来对付我。我发现自己被孤立,被遗弃,且举目无援,沮丧不已。这个时候,我就去查字典。字典是我的朋友,尽管它很刻板,不风趣。它给我知识,却不能帮我解决家庭纠纷。字典是为规则与道德而造,它公正精准,冷静坚定,使我灰心丧气。我是不道德的,这是不可原谅的,尤其在字典里我显得更不可饶恕。

于是我选择沉默。我通过窗户观察沉默。我看见它穿过道路,我赶上它;它裹起我,我倾听。它总是骗人的,它提出一些难猜的问题。我就哭了。

我一哭,事情就飞快向前发展。这时,我的两个妻子慌慌张张地跑来,调解我的情绪。她们每人都自荐来安抚我,给我我所缺少的温柔和爱,性高潮和阳光。

一旦我得到了满足,她们就抛下我去找别的男人了。

正是因此,有一天我决定记一个自己的账本,无论是好是坏,是美是丑,是简单是复杂,总是我自己的账本,是我一手写出来的,能满足我最私密的内心需求。

这段时间，我受到了第三次风流韵事的诱惑。我迷上了某个奇特又模糊的人，我陷入幻觉和错觉。那是在夜间，我看不清他的面孔。这是一个幻影，幽灵，是某种女扮男装的变性人。他对我说："去吧，去找到你的小女人！至少，你要满足她们……"

从那之后，我的忠诚堪称楷模：我跟一个妻子在一起之后再去找另一个。我知道我给予第二个妻子的快乐多些，因为她是外族人，而外族人，我学了要爱她们。

这些爱情使我富有。我不缴税。当税务人员来查看发生什么事的时候，他就摸不着头脑。他在这所房屋数不清的楼梯和门道里迷了路，只能悻悻离去，发誓下一次一定要抓到我。

多情、多妻、忠诚！这使他很恼火。

有时，我趁早上的第一缕阳光带着我的第二个妻子走出这所大房子，到旧城区的小路上散步。她既不穿长袍，也不戴面纱，赤身裸体，挽着我的胳膊散步。这不是因为她不知廉耻或没有教养，而是当我们在旧城区纵横交错的小树林里，在阿拉伯式童年的小树林里，缓缓前行的时候，我旧时的回忆和我故乡的奇异色彩深深吸引了她，在不知不觉间她披上了我的回忆之纱和我故乡的奇异色彩。

我的第一个妻子不会轻易让人脱下她的衣裙。她清高冷傲。如果我尝试带她去参加舞宴或惊喜晚会，她就会勃然大怒，断然拒绝。她提醒我（不排除使用暴力）她高贵又圣洁的出身。这时，必须郑重其事！不能打趣逗笑！

于是我去找我的第二个妻子来发泄自己。她张开手臂迎接我，把她的嘴唇伸向我，用她的长发盖着我。我们在灯光下听着维瓦尔第或巴赫的音乐做爱。

她爱我，她帮助我生活。我们有冲突，可"只有死亡才一了百了"！

99读书人

SHORT CLASSICS
短经典精选

短经典精选系列

走在蓝色的田野上
〔爱尔兰〕克莱尔·吉根 著 马爱农 译

爱，始于冬季
〔英〕西蒙·范·布伊 著 刘文韵 译

爱情半夜餐
〔法〕米歇尔·图尼埃 著 姚梦颖 译

隐秘的幸福
〔巴西〕克拉丽丝·李斯佩克朵 著 闵雪飞 译

雨后
〔爱尔兰〕威廉·特雷弗 著 管舒宁 译

闯入者
〔日〕安部公房 著 伏怡琳 译

星期天
〔法〕伊莱娜·内米洛夫斯基 著 黄荭 译

二十一个故事
〔英〕格雷厄姆·格林 著 李晨 张颖 译

我们飞
〔瑞士〕彼得·施塔姆 著 苏晓琴 译

时光匆匆老去
〔意〕安东尼奥·塔布齐 著 沈萼梅 译

不中用的狗
〔德〕海因里希·伯尔 著 刁承俊 译

俄罗斯套娃
〔阿根廷〕比奥伊·卡萨雷斯 著 魏然 译

避暑
〔智利〕何塞·多诺索 著 赵德明 译

四先生
〔葡〕贡萨洛·曼努埃尔·塔瓦雷斯 著 金文彰 译

房间里的阿尔及尔女人
〔阿尔及利亚〕阿西娅·吉巴尔 著 黄旭颖 译

拳头
〔意〕彼得罗·格罗西 著 陈英 译

烧船
〔日〕宫本辉 著 信誉 译

吃鸟的女孩
〔阿根廷〕萨曼塔·施维伯林 著 姚云青 译

幻之光
〔日〕宫本辉 著 林青华 译

家庭纽带
〔巴西〕克拉丽丝·李斯佩克朵 著 闵雪飞 译

绕颈之物
〔尼日利亚〕奇玛曼达·恩戈兹·阿迪契 著 文敏 译

迷宫
〔俄罗斯〕柳德米拉·彼得鲁舍夫斯卡娅 著 路雪莹 译

奇山飘香
〔美〕罗伯特·奥伦·巴特勒 著 胡向华 译

大象
〔波兰〕斯瓦沃米尔·姆罗热克 著 茅银辉 易丽君 译

诗人继续沉默
〔以色列〕亚伯拉罕·耶霍舒亚 著 张洪凌 汪晓涛 译

狂野之夜：关于爱伦·坡、狄金森、马克·吐温、詹姆斯和海明威最后时日的故事（修订本）
〔美〕乔伊斯·卡罗尔·欧茨 著 樊维娜 译

父亲的眼泪
〔美〕约翰·厄普代克 著 陈新宇 译

回忆，扑克牌
〔日〕向田邦子 著 姚东敏 译

摸彩
〔美〕雪莉·杰克逊 著 孙仲旭 译

山区光棍
〔爱尔兰〕威廉·特雷弗 著 马爱农 译

格来利斯的遗产
〔爱尔兰〕威廉·特雷弗 著 杨凌峰 译

终场故事集
〔爱尔兰〕威廉·特雷弗 著 杨凌峰 译

令人反感的幸福
〔阿根廷〕吉列尔莫·马丁内斯 著 施杰 译

炽焰燃烧
〔美〕罗恩·拉什 著 姚人杰 译

美好的事物无法久存
〔美〕罗恩·拉什 著 周嘉宁 译

魔桶
〔美〕伯纳德·马拉默德 著 吕俊 译

当我们不再理解世界
〔智利〕本哈明·拉巴图特 著 施杰 译

海米的公牛
〔美〕拉尔夫·艾里森 著 张军 译

对不起,我在找陌生人
〔英〕缪丽尔·斯帕克 著 李静 译

爱因斯坦的怪兽
〔英〕马丁·艾米斯 著 肖一之 译

基顿小姐和其他野兽
〔安道尔〕特蕾莎·科隆 著 陈超慧 译

在陌生的花园里
〔瑞士〕彼得·施塔姆 著 陈巍 译

初恋总是诀恋
〔摩洛哥〕塔哈尔·本·杰伦 著 马宁 译

美好事物的忧伤
〔英〕西蒙·范·布伊 著 郭浩辰 译

一切破碎,一切成灰
〔美〕威尔斯·陶尔 著 陶立夏 译